U0641374

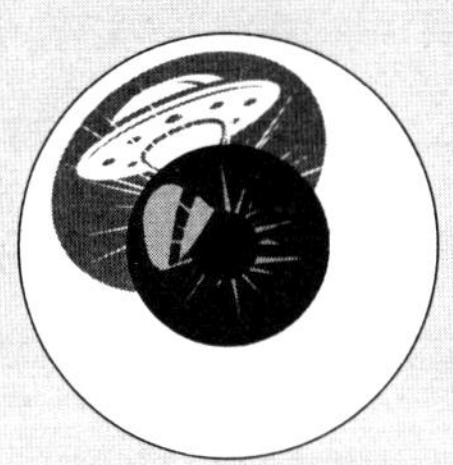

华语实力科幻作品
群星奖大满贯

# 使命：拯救人类

刘维佳 著

山东教育出版社

图书在版编目（CIP）数据

使命：拯救人类 / 刘维佳著 . — 济南 ：山东教育出版社，2021.6
（科幻文学群星榜）
ISBN 978-7-5701-0505-2

Ⅰ . ①使… Ⅱ . ①刘… Ⅲ . ①幻想小说－中国－当代
Ⅳ . ① I247.5

中国版本图书馆 CIP 数据核字（2021）第 063056 号

SHIMING：ZHENGJIU RENLEI

**使命：拯救人类**　　刘维佳　著

---

主管单位：山东出版传媒股份有限公司
出版发行：山东教育出版社
地址：济南市市中区二环南路 2066 号 4 区 1 号　邮编：250003
电话：（0531）82092600　　网址：www.sjs.com.cn
印　　刷：三河市冠宏印刷装订有限公司
版　　次：2021 年 6 月第 1 版
印　　次：2021 年 6 月第 2 次印刷
开　　本：880 mm × 1300 mm　1/32
印　　张：7
印　　数：1–10000
字　　数：172 千
定　　价：25.80 元

---

（如印装质量有问题，请与印刷厂联系调换）
印厂电话：0538-6119360

# 《科幻文学群星榜》编委会

# 想象新时代

《科幻文学群星榜》是由中国科普作家协会科幻专业委员会联合其他科幻组织，共同推出的一套科幻书系。这是一个规模庞大的工程，目前来看也是独一无二的工程，基本囊括了中华人民共和国成立以来老中青几代具有代表性的科幻作家的佳作。这些作家以年龄看，最早的是20世纪20年代出生的，最晚的是“90后”。

这套书系的出版，恰逢中华民族实现第一个百年目标——全面建成小康社会。因此，它呈现了百年未有之变局中，中国人对一个崭新时代的想象。随后陆续推出的作品，还将伴随中国迈进基本实现现代化的伟大进程。

科幻文学作为一种年轻的文学品类，本身就是现代化的产物。1818年，世界上第一部科幻小说《弗兰肯斯坦》诞生在第一个实现产业革命的国家——英国。此后科幻文学在法国、美国、日本等工业化国家繁荣起来，进入蓬勃发展的黄金时代。科幻作品反映着科技时代人类社会的变迁和走向，反思当代人类面临的多重困境，力图打破所谓世界末日的预言，最终描绘出一个五彩斑斓、生机勃勃的新未来。

如今，地球上正在发生的最具“科幻色彩”的事件之一，便是中国的崛起。这个进程不仅改变了这个文明古国的命运，也影响着全人类的走向。中国奇迹般地成了拉动世界经济增长的有力引擎。人类历史上首次十亿以上人口的国家将要集体迈入现代化的门槛。中国科幻文学正是中华民族伟大复兴进程的见证者、参与者与推动者。

早在20世纪初，中国的一些有识之士便把科幻作品译介进来，掀起了第一次科幻热潮。它承载起“导中国人群以行进”“改变中国人的梦”的使命。20世纪50–60年代，随着中国自己的工业和科技体系的建立，科幻作家们以满腔热情擘画了一个欣欣向荣的新世界。1978年改革开放后，中国再次向现代化进军，科幻迎来新的勃兴。作家们满怀豪情地书写科学技术为实现现代化、为谋求人民的幸福生活所创造出的神奇美景。进入21世纪，尤其是随着新时代的来临，这个文学门类也进入成长的新阶段。随着《三体》等作品的问世，中国科幻迎来了新一轮热潮。作家们描绘着古老的中华民族在实现全面小康和建成现代化强国的过程中所面临的新机遇、新挑战，谱写着中国走向世界、步入太阳系舞台中央并参与宇宙演化的新篇章。

科幻文学的发展折射着中国国运的巨大变迁。当今，海内外不同领域的人们对中国的科幻文学的空前关注，实际上是关注中国的未来，关注世界第二大经济体将如何持续演进，关注14亿人的创造力将怎样影响乃至重塑这个星球。从现实意义上来说，这套书系不但包含这些丰厚的信息，而且集中梳理了新中国科幻文学取得的辉煌成就，整理出新中国科幻文学发展的宽阔脉络；从一个特殊的侧面，还反映了中华民族从站起来、富起来到强起来的进程，见证中国走向更加灿烂辉煌的未来。

这套书系具有以下三个特点：

一是权威性。它由中国科普作家协会科幻专业委员会主持编选，并与国内多个科幻组织合作，其中包括得到了中国科普作家协会科学文艺专业委员会、科幻世界杂志社、南方科技大学科学与人类想象力研究中心、未来事务管理局、八光分文化、重庆钓鱼城科幻中心等的鼎力相助。编者从中华人民共和国成立以来的海量科幻文学作品中，精选出足以体现时代特征的作品。收入书系的作者，涵盖了雨果奖、银河奖、星云奖、晨星奖、光年奖、未来科幻大师奖、引力奖、水滴奖、冷湖奖、原石奖、坐标奖、星空奖等中外各类科幻大奖的获得者。

二是系统性。它收集了中华人民共和国成立以来不同时期作家的代表作。作者中有新中国科幻奠基者和老一代作家如郑文光、童恩正、萧建亨、刘兴诗、潘家铮、金涛、程嘉梓、张静等，也有改革开放后崛起的新生代作家刘慈欣、王晋康、何夕、韩松、星河、杨鹏、杨平、刘维佳、赵海虹、凌晨、潘海天、万象峰年等，以及以“80后”为主体的更新代作家陈楸帆、飞氘、江波、迟卉、宝树、张冉、程婧波、罗隆翔、七月、长铗、梁清散、拉拉、陈茜等，还有在21世纪崛起的全新代作家杨晚晴、刘洋、双翅目、石黑曜、王诺诺、孙望路、滕野、阿缺、顾适等，从而构成比较完整而连续的新中国科幻光谱，是对中国科幻文学发展历史的一次系统检阅。

三是丰富性。它比较全面地展现了广域时空中新中国的科幻生态和创作风格。这里面既有科普型的，也有偏重文学意象的；既有以自然科学为主体的核心科幻，也有侧重社会现象的“软”科幻；既有代表科幻未来主义的，也有反映科幻现实主义的；既有传统风格的写法，也有实验性质的探索。作品的主题涵盖了中国科技、社会、文化和民生的热点。从中可以看到，一个曾经积弱的民族，如今正活跃在地球内外、大洋上下、宇宙太空、虚拟世界、纳米单元、时间航线、大脑意识等各个空间。这里有中国

政府和人民引领抗击全球灾难的描述，有脱贫的中国农民以新姿态迈出太阳系的故事，也有星际飞船和机器人在银河系中奏唱国际歌的传奇。

这套书系力求构建起一个灿烂的星空，并以此映射人们敏感而多样的心灵。爱因斯坦说，想象力比知识更重要。科幻是相伴人类发展进步而产生的新兴事物，是一个民族想象力的集中反映，是科技创新的艺术表达，在人们面前呈现出一幅幅奔向明天、憧憬和创建未来的美好画卷。许许多多杰出的科学家、工程师和企业家，在年轻时就受到科幻文学的熏陶和影响，因此走上了创造神奇新世界的道路。中国正在稳步建设创新型国家，需要更多富有创造力的人才脱颖而出。科幻文学也肩负着实现中国梦的责任，在点燃青少年科学梦想、激发民族想象力和创造力方面，起着不可或缺的作用。

这套书系将为广大读者尤其是年轻人打开中国科幻和未来世界的门户，有助于人们拓宽视野、开阔思想、激发灵感、探索未知、明达见识。它也将进一步促进中外科幻、科技、文化和文明的交流，为人类的共同发展做出中国的一份独特贡献。

中国科普作家协会科幻专业委员会

2020年10月1日

# 从小镇到“天堂”

## ——刘维佳的科幻乌托邦想象与20世纪90年代中国知识分子的心态

宇镭

### 一、刘维佳科幻创作概述

在2011年文学杂志《天南》科幻专辑中，困困引用科幻作家韩松的话评论道：“很奇怪，中国的科幻作家大多来自偏远闭塞的城镇，那里充溢着工业幻想和郊县文化，这样的地方分化出两类人，或出于对工业化的羡慕，激发改变命运的野心，现实而投机；或是内向的，希望用想象去跨过这个阶段，到达一个遥远的乌托邦。因为中国的这片土壤，在农业文明向工业文明的漫长过渡中，科幻站在了一个醒目的位置。”

这段话几乎就是对刘维佳科幻创作的概括。

刘维佳，1974年出生于湖北宜昌，从小在工厂环境中长大，在比人高很多的机器群间和小伙伴玩耍，被工业化的氛围所浸染。高中毕业后，就读于当地一所师范学校的汉语言文学专业，大量阅读各种文学作品，其中18世纪到二战前后的欧美小说对其影响尤大。20世纪90年代后，日本作家村上春树对其影响也很深。

自20世纪90年代起，中国的文学环境有了较大的变化，20世纪80年代的文化寻根小说和新写实、新历史主义小说的思潮已经过去，中国社会发生急剧的转型，国家经济领域的改革步伐加快，商品意识向文化领域渗透，知识分子原先所处的社会文化的中心地位逐渐失落，向边缘滑行。20世纪90年代以前的、重大而统一的时代主题不复存在，社会生活进入了价值多元、共生共存的状态。新的文学空间被不断开拓，曾经在20世纪80年代"清除精神污染"运动中被打压而几乎消失的科幻文学在20世纪90年代开始以崭新的形态出现，星河、杨平、刘慈欣、韩松、王晋康等作家颠覆了以往的科幻写作模式，掀起了一场科幻新浪潮运动。这些20世纪90年代出现的科幻作家，自称"新生代"作家，刘维佳也是其中一员，他在当时主要的科幻文学刊物《科幻世界》上发表了一系列作品。

20世纪90年代中期，电脑和网络开始在中国社会出现。刘维佳在《科幻世界》上发表的第一篇科幻小说是1996年的与信息技术相关的《信息犯罪》，之后又有《我要活下去》（1997.8）、《黑月亮升起来》（1997.12）、《时空捕手》（1998.2）、《高塔下的小镇》（1998.12）、《爱做梦的小鸟》（1999.2）、《梦的交错》（1999.7）、《使命：拯救人类》（2000.3）、《售梦者》（2001.2）、《来看天堂》（2001.6），此外，还有《烛光岭》（《大众软件》2002年第21–23期）等。20世纪90年代中后期刘维佳还曾在《科幻大王》上发表了《赛车手的故事》《追击叛逆者》等一系列科幻小说。从2000年开始，刘维佳进入《科幻世界》杂志社担任文学编辑，从此基本停止了科幻文学创作，他在2000年之后发表的几篇作品也都创作于担任此职位之前。

刘维佳的科幻文学作品全部为中短篇，且集中发表在一个五六年的时间段，相比于刘慈欣、韩松等至今仍在创作的新生代科幻作家，他的作品不多。但其作品在科幻领域依然享有极高的评价，如《高塔下的小镇》

《来看天堂》等作品中所展现的黑暗和复杂的景象让读者印象深刻，许多年轻科幻作者也承认自己的创作深受刘维佳影响。由于《科幻世界》至今仍然是中国科幻文学领域最为重要的刊物，刘维佳作为一名曾经的作者，其担任编辑职务所进行的择稿、新作家培养等工作对于中国当代科幻仍有相当大的影响力——这一点与美国科幻黄金时代的著名科幻编辑约翰·坎贝尔极其相似。事实上，刘维佳的文学气质在很大程度上代表了《科幻世界》杂志的风格。

刘维佳科幻作品的最大特色在于构想了许多处于未来的独特社会结构，以思想试验的方式描述了人们在这些环境中的困境。这种乌托邦式的写作方式，映射出一代知识分子在20世纪90年代的中国的特殊环境下，对于各种生活方式和社会形态可能性的探索。以下对刘维佳的两部代表作《高塔下的小镇》《来看天堂》进行文本分析，并延及其相关作品，力求全面分析其作品的艺术价值和时代意义。

## 二、《高塔下的小镇》：20世纪90年代中国进化与封闭的迷局

1998年，刘维佳在一次同学聚会聊天时，谈到了中国的历史处境问题。他认为，如果世界是一个弱肉强食的战场，那么中国其实是不那么情愿地被卷进去的。若中国能够选择，历史会是怎样？随着这次思考，他写下了《高塔下的小镇》。

《高塔下的小镇》是一部“末日后”科幻小说，讲述在毁灭世界的大战之后残存下来的人类文明的故事。故事发生在大战过了三百年后一座不大的小镇上，小镇中央是一座战前留存下来的高科技防御塔，它严密监视着小镇的周围，凡是有外人进入小镇边界，高塔就会发射死光将其杀死。三百年间，依靠高塔的保护，小镇居民一代代过着自给自足的农业生活，生存繁衍。镇外的战后世界则是一片乱世，弱肉强食，战火和死亡不绝。

叙事者“我”是一个满足于镇里平静生活的青年，习惯于农事，感谢高塔的庇护。“我”喜欢上了镇上一个叫水晶的女孩。然而此时，镇里的年轻人却涌动着一股“走出小镇”的思潮，野心勃勃的青年领袖望月鼓动人们走出边界线，征服更广大的地域，虽然一旦走出就不能再返回。水晶赞同这一观点，她查阅了镇上的图书馆，指出高塔封闭了小镇，使它几百年都不曾进化，这是不可取的。

当“我”为自己和水晶的观点不同而苦恼时，一场入侵打破了小镇的宁静。镇外强大的“黑鹰”部落正在到处侵略洗劫，准备抢占小镇。他们尝试用各种方法试图通过边界线，但都被高塔发出的死光击退，最终他们选择了自杀式攻击，在计算了高塔的杀人速度后，集体冲向高塔，希望在高塔把人杀光之前将其占领。然而高塔的杀人速度可以自动提高，无情的死光雨点般落下，血腥地将几万人杀死在小镇上，黑鹰部落灭绝了。在这次事件后，水晶将“我”和望月叫出来，说明希望可以有人和她一起走出小镇，迎接外边世界的进化选择。然而望月的野心已被战争的残酷吓退，“我”则十分犹豫，面对爱情和未来，虽有期冀，但最终未敢选择，最后痛苦地看着水晶一个人走出边界，步入进化的世界。

小说中设置的社会模型的二元对立十分明显：小镇内时间停滞，是乱世之中桃花源般自给自足的乌托邦，小镇外是高速变化的世界，战后没有统一秩序，在绝对的社会达尔文主义适者生存的法则下，不同的人类群落相互竞争淘汰。在这个模型下，刘维佳提出的问题也就很明显了：哪一种社会是更加理想的？不同的人会做出怎样的选择？背后则隐藏着关于国家道路的命题：曾经封闭自守的农业社会的中国，最终打开国门，进入世界经济的环境中，这种选择对中国来说真的好吗？如果考虑到小说发表时，中国正大步向市场经济转变，面临各种相关社会问题，而且处在加入世界贸易组织的紧要关口，就不难理解这篇看似发生在遥远未来的科幻小说有着强烈的现实指涉意义，以及“我”面对选择时两难焦虑的思想来源。

然而，看似明确的二元对立社会模型，在小说的具体文本中的表现又是复杂的。

1. 虚构的镇内农业世界和知识分子化身的主人公

作者通过叙事主人公“我”的行动，极力细化了关于农事活动的介绍，如开篇就是关于种麦子的描写。作者极力将“我”塑造成一个对农业生活感到满足的农民，描绘他对于种地的专注，这种专注甚至到了不近人情的地步。例如，当看到镇里人用猎枪射杀野兔和飞鸟时，“我”全然不感兴趣。小说中对于小镇的描述，仅限于最基本的物质生产设施和活动，全然没有农业社会应有的人与人之间细腻复杂的关系，以及民间所蕴含的地方风俗和精神文化特质。将这些描绘与20世纪80年代中国的乡土文学和寻根文学对比，如汪曾祺的《受戒》或阿城的《棋王》那些几乎无限铺展的农村社会的气氛和韵味，可以看到，刘维佳笔下的小镇，并不属于中国农业社会的任何一个地域，而是一个抽象的概念。叙事者表面身份是一个农民，但并不具有农民的心理特征，其背后实际上是身为城市知识分子的作者的代言人。由于小镇本身缺乏足以支撑它存在的文化特质，所以对这种生活的否定在介绍它时就已经埋下了伏笔。

女主人公水晶的形象更为突兀。她通过在图书馆的阅读，对外部世界产生了向往。然而，与20世纪80年代同类题材有关农村女孩向往外部世界的作品（如铁凝的《哦，香雪》）中丰富的情感相比，这个极为沉静的姑娘为什么仅仅通过文字就对“进化”产生了坚定的信仰，同样很难令人理解。小说中对她的描绘一般限于外部观察，不见其思维，只能看到她的行动：不断地追求进化，探索外部世界，一往无前。水晶批判高塔囚禁了小镇，而“高塔”这一意象本身就已经决定了，小镇不可能是一个真正的封闭农业社会。一方面，高塔是保护者；另一方面，高塔之所以能够提供保护，在于它是一个大战前设计的高科技产品，而高科技文明的原理在战争中已经被遗忘了，于是高塔成为一个凌驾于小镇居民之上的存在，人们可以使用和依靠它，却无法理解和改变它。这个思想试验，试图表现当人类无法了解科技时，科技将怎样成为一个异化于人类的恐怖存在。小镇中的图书馆是对高塔的补充，图书中有关于战前的知识。水晶泡在图书馆里，希望能够理解这座高塔，理解小镇人的生活处境，她选择出走是为了更好地理解。这是她和望月的不同之处，后者希望走出小镇仅仅是为了权力和物质，而水晶体现的是个体意识觉醒，遵循着五四运动以来出走探寻自身命运的城市女性知识分子传统。

刘维佳笔下的小镇并不是一个真实的封闭农业社会。他没有遵循中国当代文学中“城市—乡村”截然不同的叙事传统，而是借助西方科幻文学“灾难后”小说的故事框架，设计出了一个关于城市与乡村的想象结合体：它拥有自给自足的农业生活方式，却缺乏农业文化传统；它保留着城市文化的科技和知识，并生活着一群对自己处境深深不满的具有知识分子心态的突围者。对于真正的农民来说，处于这样的环境会如何？实际上有很大的生存发展空间。

2. 在观察中被描述的镇外世界

镇外的世界，由于受叙事者的角度所限，没有被直接描绘，它是在“我”的观察中被描述的。

小说开篇介绍高塔时，就已暗示：外部世界是危险的、不安全的。而对外部的直接描述来自望月的演讲：“我们浪费了多少时间和机会了？三百多年前，大战刚刚结束时，这颗星球上星散着成千上万的文明残余势力，可现在它们大部分都消失了。大的文明势力吞并小的文明势力，这乃是铁的规律！将来的世界必将为它们其中的某一个所独占或被几方瓜分。”这似乎表明，外部世界的情况已被小镇居民所熟知。小镇与外界存在有限的信息交流，黑鹰部落侵略的消息也来自商人的口信。然而，小镇居民从来无人走出去并亲自了解外部世界，他们对于外部了解的程度十分可疑，最明显之处在于黑鹰部落倾全族之力对小镇发动自杀式袭击时，“我”通过对敌人行动和情绪的解读，得到这样的认识：“这个真实的世界使我彻底明白了进化的重负的分量：它竟能迫使一个极为强悍的群体不惜以全族灭亡为赌注，甘愿忍受巨大的牺牲也要尝试卸下！黑鹰部落绝不是为了我们仓库中的麦子才不顾一切地向我们一再进攻的，若需要足够的粮食，只要多抢几个弱小部落就可以了。他们的真正意图是要夺取我们的这座独一无二的小镇，夺取我们的高塔，卸下肩头沉重的进化的重负，拥有一种轻松幸福的生活。”作者在这里已经超越叙事者的认知，直接对高塔内外的世界进行说明：这是一座围城，外面的人们极为羡慕镇里人的生活方式，小镇居民对于封闭单调生活的痛苦，镇外的人不可能了解，而镇外世界的进化竞争，也并非令人心旷神怡，需要付出巨大代价。小镇内外的人们自以为了解对方的生活，其实只是自己心中理想生活的抽象化，事实远非如此。

残酷的对比直指小说背后的现实。在20世纪90年代至今的中国城市化进程中，乡镇居民怀着现代化梦想向城市转移，而城市知识分子则批判现代化所带来的高度分工异化，向往乡土的传统文化。中国极力向世界打开大门，将发达国家的现在想象成自己的未来，却对西方世界中竞争的残酷性缺乏准备。“我”和水晶都是这场进程里中国知识分子的隐喻，他们洞察了两个世界的得失，选择了不同的道路，以爱情的悲剧作结。追寻悲剧

的根源，就会有这样的问题：是什么使得他们必须做出非此即彼的二元对立的选择？

3. 20世纪90年代中国的进化观念与进化外的可能性

水晶口中不断提及的术语“进化”对于“我”来说十分陌生，与宁静的农业小镇也很不协调，但是，对于小说主要读者群——20世纪90年代中国高中到大学阶段的青年——来说，这是一个十分熟悉的词汇，因此完全无须解释。进化论自19世纪由达尔文提出，很快由生物学进入社会学领域，后经严复翻译成《天演论》而在中国广为传播，成为清末民初引导中国社会变革的重要思潮，深刻影响中国20世纪进程的马克思历史唯物主义社会观，也深深印上了达尔文主义的烙印，它指出生产力是不断向前发展的，生产关系也必须随着生产力不断变化，将社会形态推向更高阶段。小说中的下面这段对话体现了这种信念：

“为什么？为什么一定要走？这镇子不好吗？”我说，“你们为什么不喜欢这里的生活呢？为什么要抛弃小镇？”我将这两年来一直萦绕在心头的不解与迷惘向她倾诉了出来。

“因为它不能进化。”她干脆利落地回答。

“为什么一定要进化？”我立刻追问。

“因为整个世界都在进化，一切的一切。我们作为其中一部分，没有任何理由拒绝进化，对吧？”

她说得似乎合情合理，我的脑子转得又不怎么快，一时只好沉默。

作为一名知识分子的化身，“我”实际上是接受社会进化论的，这使

"我"无法反驳水晶的观点，也使得"我"在最终告别水晶时极为痛苦，因为"我"的内心同意水晶的选择，认为自己和望月一样，不敢走出小镇似乎仅仅是因为缺乏勇气。然而，"我"拒绝走出去，是否暗含着对自给自足的农业文明的眷恋，暗含着作者的疑问：进化是不是不可避免的唯一选择?

自20世纪80年代开始，西方现代思潮进入中国，对于多样社会文明形态和人类发展可能的思考深刻影响了中国当代文学。20世纪80年代的乡土、寻根文化思潮催生了一大批以现代眼光审视中国本土特色文化的文学影视作品，如阿城的《棋王》、韩少功的《马桥词典》、陈凯歌的《黄土地》等，文明的多样性话语对单一阐释的社会进化论形成了冲击，而科学领域对于进化论是否成立的争论更是配合了这一思潮。刘维佳小说中的农业社会仅有最简单的物质生产过程的设计，缺乏与进化论对抗的丰富文化，却为这种对抗埋下了伏笔。2001年，科幻作家潘海天发表了科幻小说《大角，快跑》，这篇小说使用了《高塔下的小镇》的故事背景，写的是一个叫大角的孩子为重病中的母亲寻药，跑遍高塔外世界各个国度的故事。高塔小镇在这篇作品中也有提及，但给人印象尤为深刻的是大角所经历的形形色色的奇异国度，每一个国度的人们都有着不同的生活和文明方式，完全解构了刘维佳原作中单一的、残酷竞争的外部世界。《大角，快跑》成为潘海天最著名的科幻作品之一。刘维佳与潘海天曾约定共同写一系列此背景的作品，但刘维佳因担任《科幻世界》杂志的编辑，停止了这个系列写作，潘海天则转而参与创立《九州幻想》杂志，在新的幻想虚构的世界中设计不同类型的文明。《科幻世界》和《九州幻想》在当时是中国幻想文学领域最为重要的两份文学刊物，《高塔下的小镇》和《大角，快跑》也可以认为是代表了中国科幻的两条不同路径：对现实文明形态的反思试验和对新文明形态的架空设想。

进入21世纪，中国科幻文学继主流文学之后，也进入了“无名”形态，统一的时代命题不再出现，多元化价值追求凸现，这无疑是对“进化”统一社会命题的否定，《高塔下的小镇》与《大角，快跑》之间的对比，反映了世纪之交科幻作者们心态的变化。

**三、《来看天堂》：关于分配制度和理想生活状态的思考**

《高塔下的小镇》中静止小镇与外部进化世界的对立，是一种乌托邦写作。不过，两个对立社会都是我们习见的社会方式的抽象化，刘维佳没有像通常的乌托邦文学一样创造新的社会模式，他只是通过“高塔”将两个社会以特别的方式联系了起来。然而，刘维佳确实有一部典型的乌托邦题材作品《来看天堂》。

《来看天堂》讲述的是一个发生在未来的故事，此时人类社会已经高度分化，少数有能力者掌握社会的全部资源，世界在他们的手中高速运转，他们的思想和行为已经不是今天的我们所能够理解的，作为故事叙述者的“我”同样无法理解，因为“我”和这个世界上大多数被认为无能的人一样，居住在一个叫作“天堂”的保护区，不需要工作，不生产任何社会财富，仅仅依靠“天堂”外高效的有能力者提供的一点点资源，就可以维持生活。“天堂”中的居民可以通过定期的考试，获得进入外部社会的机会，尽管通过的概率微乎其微。他们也可以申请进入太阳能农业保护区，一个类似于《高塔下的小镇》里的农业社会，但去后无法返回。小说没有太多情节，仅讲述了“我”一天的经历：早上起床，由百依百顺的女性机器人服侍，出门参加进入上层的考试，失败后去探望已经进入上层的亲人，却发现彼此环境差别太大，无法沟通。最后，他拒绝了主动提出跟他结婚的人类女性朋友与他一同去农业保护区的邀请，怀着痛苦的心情抱着女性机器人入眠。

《来看天堂》发表于2001年，创作于《高塔下的小镇》之后，似乎是希望为小镇内外停滞与进化对峙的难题找到一种解决方案，让擅长进化竞争的人在外部世界尽其所能，而不擅长竞争者可以安全地生活于“天堂”，外部世界供养“天堂”，可维持社会基本的稳定，且耗费的资源极少，二者间绝无《高塔下的小镇》那种相互敌对的关系。在社会资源分配方式巨变的年代，刘维佳构造了一个近似于北欧国家高福利体制的社会模型，并尝试探寻在这种社会模型中生活的人的心理状态。显然，探寻结果并不乐观。

1.“天堂”中的精神痛苦及其源头

在刘维佳笔下，“我”在“天堂”这样的一个社会，生活得极为痛苦。小说以灰暗色调的写景开篇，阴郁痛苦的笔调贯穿全篇，时时刻刻渗透于主人公的情绪。主人公与仿真女性机器人聊天，但各种生活琐事使得对话缺乏实质性的意义。面对每年一次进入外层世界的考试，他知道机会渺茫，并时刻生活在压力中。在这一天里，他先后和几个人交谈：探访已经进入外部世界工作的哥哥，哥哥十分重视亲情，但两人早已不是同一个世界的人，除了回忆往事，几乎无话可聊。他又见到姐姐，姐姐原是“天堂”居民，通过婚姻嫁给外部世界，没有爱情可言，仅仅是为了孩子，因为“天堂”居民没有生育权。他也见到了和他处境相似、曾发生感情的女性“天堂”居民莱切尔，莱切尔提出请求，希望和他结婚，并一起离开“天堂”去农业保护区，切断和这个世界的联系，靠原始劳动生活，获得生活的意义，但他说，他知道那是一个不完美的世界，去那里是没有用的。

“我”的痛苦来源，并非物质的稀缺，而在于精神的需求。“天堂”

与外部世界之间，看似是被隔离的，仅仅是损有余而补不足，将外部世界极大丰富的资源供应一点给“天堂”而已，不存在任何剥削，因为“天堂”不生产任何东西。然而外部世界超越性的存在本身，给予“天堂”中的“我”极大压迫。首先，它设置了身份的界限，“我”为了能够进入外部世界，徒劳地付出努力而不可得。其次，它剥夺了“我”劳动和生产的能力，“天堂”中的人固然不需要劳动就可生存，但即使想劳动也不可能。人在无法劳动的处境中，失去了对自身意义的确认。再次，外部世界将“我”周围的亲人全部吸引过去了，“我”的哥哥属于稀有的少数精英，而通过不等价婚姻嫁入外部世界的姐姐则是廉价的交换品，他们都是自愿进入外部世界的。最后，外部世界供应给“天堂”的资源支配了“天堂”的生活方式，最显著的是高科技的异性配偶机器人，“天堂”中的居民沉湎于这种廉价的情感产品，进一步失去了改变自己地位的可能性。

“天堂”与外部世界的关系，是20世纪90年代后中国当代社会阶层分化的文学演绎，尽管没有武力上的冲突，但精神世界的矛盾逐步显现。城镇和中小城市中的许多优秀人才流向大城市和国外，与故乡亲人分离；社会底层的一些平民在改革浪潮中下岗失业，在体制救济中生活；来自商业资本的工业化产品制造着欲望，用各种精神产品和文化符号安抚着失去信仰的民众。吴岩在其《科幻文学论纲》中指出，科幻文学反映的是边缘人群向权力中心的反抗，这些边缘人群包括女性、全球化浪潮中的落伍者、社会底层等。我们通常认为，这些矛盾的产生是因为现阶段生产力还不够发达。而刘维佳则通过文学试验指出，即使在一个资源极大丰富的社会，设计一种尽可能公平的分配制度，人在精神上的痛苦依然无法避免，甚至可能随着生产力的提高而加剧。这使得《来看天堂》充满着绝望的气息，它宣布人在社会上的痛苦是无法解决的。

2. “天堂”叙述中的局限性与可能性

然而，在刘维佳的描述中，“我”的视角是否能代表“天堂”社会的一般生活，代表这个社会模型中人们普遍的精神状态，是存在疑问的。

《来看天堂》展示的是“我”一天中的生活，然而这是特殊的一天，因为“天堂”中的居民每年只有一次参加进入外部世界考试的机会，借助这次参加考试的出行，“我”得以见到亲人和朋友，展示痛苦。然而在日常的状态中，“我”的生活状态是什么？小说中并无交代。并且，“我”的感受只代表个体。小说末尾处，讲述了“我”在“天堂”一个舞厅的见闻，人们在这里聚会、饮酒、听音乐、诅咒这种社会，有一个“革命家”宣称要改变这种社会，而“我”对这些感到厌恶，很快离开了，“因为这没有意义，我们两手空空，凭什么跟人家较劲？”当然，在这里不可能指责作者“脱离群众，对革命缺乏信心”，这种意识形态话语在20世纪的相当长一段时间对于中国文学产生了极其负面的影响。但是，相似情形重新出现在世纪之交一部描写未来社会的中国科幻小说中，仍然是耐人寻味的。当20世纪90年代的中国文学进入个体化表达的时代，宏大主题被消解时，这种主题的讨论在科幻小说这一特殊文类中开始重生。

在一个社会被未来高科技操纵和设计的时代，“我”不相信凭借自下而上的努力可以改变体制，也无法构思出更好的体制，甚至厌恶逃离。“我”拒绝去农业保护区的邀请，一方面在于无法放弃进入外部世界的微小可能性，这暗示了“我”对现存秩序的妥协；另一方面，尽管农业保护区的情况在文中并未加以描述，但通过《高塔下的小镇》，大致可以看出刘维佳想象中被保护的农业社会的面貌，如前所述，这样的社会缺乏足以支撑一个知识分子生活下去的文化和理想，不可能被“我”接受。

《高塔下的小镇》和《来看天堂》形成了鲜明的对照，它们看似矛盾。前者中，主人公无法放下对农业社会安全生活的依恋，放弃了踏入充满竞争的外部世界的机会，而在后者中，主人公已经身在竞争社会之中，被踩在底层，却又拒绝返回农业社会。但放眼作者的立场，可以发现他的选择并不矛盾：主人公扮演的是一个知识分子眼中的社会底层形象，他希望有所作为，却又无力改变限制他的社会机制，在每一种处境中都成为机制的牺牲品。刘维佳的作品表达了一个具有强烈自我意识的个体在虚拟的社会缩影之中深深的绝望之情，这种绝望同时也指向现实，传达着作者对世纪之交处于巨变中的中国所面临的关于进化的困惑。

相比《高塔下的小镇》对中国当时所处环境的隐喻，《来看天堂》则是对西方发达国家高福利体制的隐忧。在西方左翼学者眼中，资本主义的内在矛盾其实从未被彻底解决，社会日益分化为掌握社会资源的精英和吃穿不愁但生活方式已完全被支配的毫无追求的底层民众两大类型，后者的痛苦不再是生存的无法保障，而是精神的无所皈依。这种隐喻甚至超越了国界，形成国与国之间的关系指涉，如同当今美国的金融战略之于中国实物的相互依赖与掣肘。“天堂”与小镇也是当今国际社会关系两极化的生动影射。

科幻小说中的乌托邦叙事，是科幻小说最古老的命题之一。英国人文思想家托马斯·莫尔借当时地理大发现时代的“新世界”故事模式，将美好政治理想寄托于幻想异邦。进入20世纪后，乌托邦题材的变形“反乌托邦”诞生，这种叙事认为美丽的社会理想总是出现恶果，令社会陷入黑暗，并在现代语境下重构“乌托邦”的人文批判精神。有学者认为，自中华人民共和国成立后，强大的共产主义理想统领一切，乌托邦似乎已化为人间现实，无须向彼岸追寻了，“乌托邦”和“反乌托邦”叙事传统在中国也就失去了容身之地。20世纪90年代以来，随着强力政治话语的消解和多元文化的兴起，新生代科幻作家的重要成就，就是在科幻文学中找回这一叙事传统，而刘维佳正是其中的先驱。

**四、结语**

刘维佳擅长思考试验，他往往在乌托邦试验中设置科技和环境的巨大变化，导致富有张力的冲突场景，以一个知识分子的立场置身其中，去思考可能的处境。由于这种处境往往是两难的，因此其作品也就常常带有悲剧性的绝望情绪。

这种冲突场景在刘维佳其他的作品中也随处可见。《追寻》描述了人类进入太空开发时代，太空和地球成为互相对立的两极，前者聚集了大量的财富，后者是一个像《来看天堂》中的“天堂”一样的保护区。主人公生于太空，却厌恶单调的环境，倾尽财产来到地球，又发现这里并非理想生活，而对于什么是真正的幸福，仍需追寻。《时空捕手》讲述了关于时间旅行的故事。为维护时间秩序，主人公前往过去，抓捕并击毙时间偷渡客，却发现偷渡客是一名佛教和中医信徒，因自己的时代已经无人相信这些东西，他只想回到人们还相信中医的时代，实现自己的价值。《梦的交错》讲述的是随着人类环保理念的变化而导致的两个理想主义者的冲突：人类将太阳反射镜升上太空，试图减少阳光以缓解温室效应，“我”为理想而一生守护此镜，然而人类慢慢醒悟，这面镜子只是让人类更加肆无忌惮地排放二氧化碳，于是更年轻的理想主义者要用生命去炸掉镜子，两代人之间发生剧烈冲突。

这些作品，涉及因政治、经济、文化、科技环境的变化所导致的众多社会话题，刘维佳以个体化视角，去观察、经历他所设计的场景，通过个体命运遭遇，构建故事情节，很少做宏大叙事的论断。他笔法冷峻，常能几笔就将所设计的场景勾勒出来，对于人物内心的苦难和斗争的描绘又极为细致，使得叙事带有强烈的情感色彩：阴郁、暗淡、彷徨……这常是人物遭遇巨大的环境变革，心灵承受压力的结果。压力不仅属于个人，也随着时代性的命题传达给读者，使得情绪极富感染力。

刘维佳富有人文情怀的知识分子立场，在当下科幻文学的环境中显得极为可贵。中国当代科幻文学在思想上需要立足点，去协调自身与不断变化的政治、文化、科技及市场的关系，而科幻的人文内核无可替代。在这一点上，刘维佳对于我们了解20世纪90年代至今的中国科幻文学有很大的帮助。

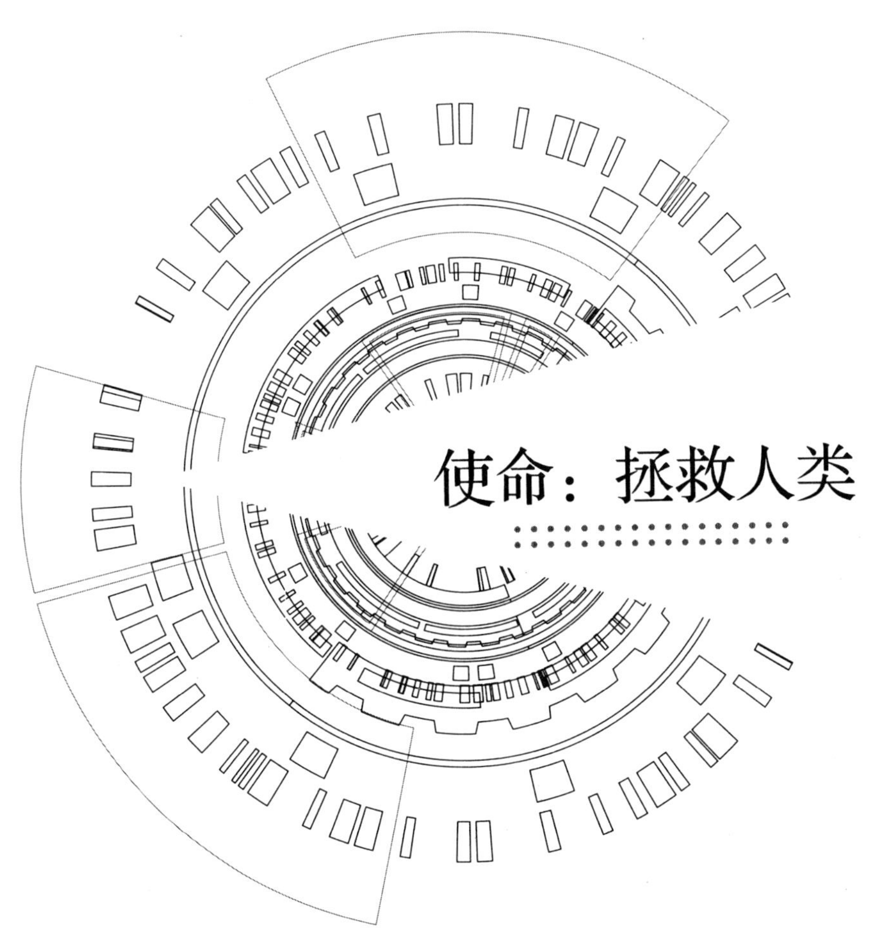

# 使命：拯救人类

出现在我的视频光感受器中的第一个人是个身着飞行夏装的男人。

这个男人站在我面前，脸色发红，双眼布满血丝，使劲冲我摇晃着一个透明的长颈塑料瓶，那里面的液体因此发出稀里哗啦的响声。“去找水，快去给我找水来！”他用很大的声音冲我喊道。

“是，我去找水。”主电脑告诉我必须完全服从人类的命令。我接过了他递来的一个手提式金属水箱。

我环顾了一下四周，认出我和这个人是在一架鸵鸟式小型高速运输机的机舱里，这机舱里的气温偏高，明显高于标准正常值。

“该死！全都是军火！不能吃，也不能喝……”他一脚又一脚地踢着身边码放得几乎挨着舱顶的货箱，破口大骂。

骂了一阵，他突然一屁股坐到地板上，捂着脸大声哭起来，边哭边说：“偏偏在这沙漠上空出了机械故障……”

哭了一阵，他站起来抓住我的双肩，说道：“幸好货物里有你……你听着，是我把你组装好的，是我给了你生命，你得救我！没水我就会死！你要救救我！”他的声音大得差不多到了人类声带振动的极限。

“是！我要拯救你！”我牢牢记住了这一使命。

身负使命的我，走出了机舱。我看见天空是一望无际的蓝色，地面上是一望无际的黄色，二者相交于地平线。风吹起来，黄沙随之扬起。黄沙打在我的身上，发出了密集的细小响声。光线很强，我对视频光感受器的灵敏度进行了相应的调整。

我迈开双脚向前走去。刚开始，体内平衡系统有些不适应，但很快就调整过来了。黄色的沙子一踩就陷，我的速度只能达到设计正常步行速度的60%，但我还是一步一步地向前走去，同时动用视频传感系统搜索水源。我得找到水，因为我要救人，这是我的使命。

我已经看见3238次日落了，但我仍然没有看见水。

我花了很多日子才克服迷路这个难题。最初400多天，我都是毫无目的地盲目行进，直到我终于发现自己多次重复搜索某一地区时，我才意识到自己迷路了。于是，我开始寻找怎么才能保证不致重复搜索同一地区的办法，因为我的记忆库中没有这方面的信息资料。

观察了很久，我发现天上星辰的位置可以用来进行比较精确的定位。于是，每次日落之后我都会认真观测，对比星辰的位置，渐渐学会了结合计算步数有目的地向各个区域搜索前进，再不会做无用功。

311天前，我体内的能量贮藏消耗过半，于是我开始按程序采取相应措施。白天，我在光照强烈的时候展开腹腔中娇贵的高效率太阳能转换面板，吸取太阳能贮存进微型可充式高能电池中。当太阳光开始减弱之时，我就收起面板，依靠刚吸收的太阳能维持系统运行，维持我的找水行动。

在这3238个日子里，我一直在不停息地找水。我的身体构造在设计时显然考虑过沙漠环境因素，无孔不入的沙粒无法进入我的体内，静电除尘装置几乎就没怎么用过；身体表层外壳的材料绝热性能极好，尽管万里无云的天空中一个6000摄氏度的大火球一直在曝晒，但电路从未过热，夜间的阴寒就更不在话下了；而视频传感器也受到了重重保护，应付各种波长的光线绰绰有余。良好的身体状况使我认定总有那么一天我肯定能找到水，这是必然的，这沙漠不会无边无际。

在星辰的指引之下，我在黑暗冰凉的沙地上继续探索前进。

第3238次日出之后不久，我的视频传感器发现了一个与往日千篇一律的景物不同的异物。我立刻以它为目标，一边提高视频分辨率全力辨认，一边加速向其接近。

渐渐地，我辨认出那是一些高大的植物。我的资料库中没有多少有关

植物的信息，但我知道有植物生长的地方就有水存在，大功就要告成了！

这是一片不怎么大的绿洲，四周围绕着矮小但枝叶茂密的灌木，它们后面就是那些高大的树木了。往里走，我看见了一汪清亮亮的液体。我终于找到水了。

水边的树荫下，支着一顶耐用型军用沙漠专用营帐。

帐篷门一抖，一个人钻了出来。这个人的体型与将使命交付于我的那个人很不一样，我判断此人属于另一种人类——女人类。

“你，你要干什么？”那个女人望着我，双手握着拳急促地说。

“我需要水。”我说。

这时帐篷门又一动，一个小女孩轻轻地从帐篷里探出头来，向我张望。

“回去！”那个女人转身冲着小女孩大喊。

于是帐篷门又合拢了。

“我要水。”我又说了一遍，“我要用它去救人。”我举起了那个被沙子磨得闪闪发亮的金属水箱。

“水……就在这儿。”她一指那一汪池水，但目光仍紧盯着我。

于是我将那金属水箱按进池中，巨大的气泡和咕咕的声音从池中升起。

水箱很快灌满了，我拧好密封盖，提起它转身返回。我的使命已完成了一半。

回去就不用那么多时间了。我已掌握了定向的方法，只是弄不清当时的出发地点，不过自从掌握了定向方法后，我可以将我所搜索过的区域排除开，所以回去就比来时容易多了。

216天之后，我终于找到了那架鸵鸟式运输机，它已被沙子埋住大半。

机舱里一切依旧，那些货箱都没怎么动过，只是不见他的踪影。

于是我走向了驾驶舱的门。

舱门基本完好，我轻松地打开了它。

驾驶员座椅上的物体似乎是个人，有四肢，有头颅，只是全身干枯萎缩，体积明显偏小，皮肤呈灰黑色裹在骨骼上，龇牙咧嘴，身上的飞行夏装也残破不堪。

我仔细核对了一阵，认定这是他。

我没有从他的身上发现任何生命的痕迹，倒是在他的头颅两侧发现了两个孔洞。他垂着的右手下方的地板上，躺着一把海星式轻型全塑军用自卫手枪。

我将水缓缓地倒在他的身上，这是他要的。

清澈透明的水哗哗地淌过他的全身，淌过座椅，淌到了地上。我希望他能知道我已完成使命。可他已经死了，死了就没有感觉了，他不会知道的，也不会再需要这水了。

我完成使命了吗？没有。是的，没有。我没能拯救他，他死了，主电脑不断输出“使命尚未完成”这一信息。我得完成使命，我得去救人。

可人在哪里？他已经死了，这里已没有人了。我得去找人，这是现在最重要的。对了，我得去找人！我确定了下一步的行动方案。

但我还是想看看他到底会不会知道我已找到了水，毕竟我做到了这一点，此刻水就在他的身上。我站在他的身边等着。

太阳的光芒从窗外射进来，色彩一点点地变红，可他一直一点儿动静也没有。

当水全部蒸发了之后，我决定离开他。

在动身之前，我在机舱里四处搜寻了一番，利用到手的零件和工具将我自己检修了一遍，尽可能地排除了不利因素。

准备就绪后，我离开了这架早已死亡的小型运输机，再次踏上旅程。

这一次不是去找水，而是找人。我知道哪儿有人。

我又一次踏上那绿洲的地面，是在27个日出之后。因为目标明确，这回我省下了不少时间。

住在绿洲里的那个女人依然目不转睛地防备着我，小女孩依然悄悄地从帐篷里向外张望。

我一遍又一遍地向她解释说我的使命是救人，我想知道该怎么做才能拯救她们。但她始终一言不发地望着我，根本没有反应。

等我解释完第九遍时，她才开了口："那……你去浇一浇那些甜瓜苗吧。"她伸手一指我身后。

"为什么给瓜苗浇水就能救你呢？"我不能将浇水和我背负的使命联系起来，这两者之间有什么逻辑联系呢？

"这个嘛……如果你不给瓜苗浇水，瓜苗就会旱死。它们旱死了，我们就没有瓜吃了，那样我们就会饿死……所以，你给瓜苗浇水就是救我们。"她一边说，一边忍住笑声。

"对，是这样的。"我恍然大悟。是这个理，人类毕竟是人类，一下子就把这两者联系上了，消除了我的困惑。我接过她递来的塑料桶，打了一桶水向瓜地走去。

就这样，我留在这里又一次开始了我的拯救行动。

我按她的指示给植物浇水，还将果树上的果实摇落给她们食用，挖掘地洞贮藏晾干了的果实，收集干透了的枯枝供她们充作燃料，修补那顶军用帐篷上的破损之处，在绿洲四周栽种防风沙的灌木……要干的工作真不少，人类的生存可真是件很复杂的事。她们不像我定时吸取一次太阳能就行了，她们要活着，就要干很多事。她们确实需要我的拯救。

没过几天，我将有关我和他的情况在她的询问之下告诉了她。于是她知道了我的第一次拯救行动以失败告终。

“这不是你的错，你已尽了全力，别伤心。”她对我说。

“什么是伤心？”我问她。

“伤心嘛，就是心里难受，想哭。”她说。

“我知道什么是哭。”我说。我的资料库中有关于哭的信息。

她笑了，说道：“可哭并不等于伤心，伤心是只有在所爱的东西离你而去的时候才会出现的，尤其是你所爱的人……”她的声音低了下去，侧头望向遥远的地平线。

我不知道我所爱的人是谁，我也不知道“爱”是什么意思。人类真是一种复杂的生物，我对他们的了解实在不够。

通过清澈池水的反射，我看见了我的模样。我的外形与人类差不多，也有四肢和一个头颅，我的面部也有着与人类相似的五官特征。然而人类远比我复杂，究竟是什么令人类如此难以理解？

那个小女孩一直谨慎地与我保持着一定的距离。在我干活时，她就小心地站在不远的地方盯着我看。如果我停下手中的活计望向她，她就发出一阵咯咯的笑声跑开了。

这个小姑娘实在是个好动的生物。她就爱做她妈妈不许她做的事，不是爬到最高的果树上啃完果子，把果核什么的扔下来打在我身上，就是在那并不算浅的池里游泳，经常扎到池底半天不露头。她还有点儿爱往外面跑。于是，有一天她母亲叫我想点儿办法吸引住她，免得她有朝一日折腾出事来。

于是我利用资料库里的信息，教了那个小姑娘几种用石子、小木棍来玩的智力游戏。在教她的时候，我才第一次接近了她。她果然被我那些智力游戏迷住了，经常趴在树荫下支着头琢磨个没完，两条小腿一上一下不停地拍打地面。她再也不会长时间盯着我看和发出莫名其妙的笑声了。

然而她一遇上解不开的难题就跑来问我，我只好放下手中的活计去给她解答。可一解答完，她就冲我喊“大笨蛋，大笨蛋”，然后咯咯笑着跑开了。

我不明白她为什么称我为“大笨蛋”。这不符合事实，“笨蛋”是“愚蠢”的意思，可据我统计，72%的智力题她都解不出来，而我全都能解。我不是笨蛋，她才是笨蛋。于是我就去追她，一边追，一边纠正：“我不是笨蛋，你才是笨蛋，你百分之……”

当我追上不停躲藏的她时，她已经喘得把舌头都伸出来了。“好了，好了，我是笨蛋，我是笨蛋，你不是笨蛋……”她哈哈大笑着瘫软在地上，脸上的皮肤因充血而红得不得了。

有一天我发现了个问题，我知道人类必须一男一女才能拥有后代，可那男人在哪儿呢？于是我向小姑娘的母亲提出了这个问题。

她告诉我说：“他早就死了，在沙漠的外面被人打死了。”

“沙漠外面也有人？”我问她。这可是个重要的发现。

“有，据说曾有几十亿之众。”她说，“后来人们之间爆发了一场剧烈的战争，大部分人都因此而死，可幸存的人们仍在互相杀伐……孩子的爸爸就是这么被打死的，所以我才带她来到了这绿洲……”

我陷入了混乱的状态，因此她后面说了些什么我不得而知。人在杀人。可人怎么能杀自己呢？我无法理解这条信息，因而陷入了混乱状态。等我的主电脑强行搁置这一问题并摆脱混乱时，她已离开了我。

在我的耕种下，绿洲的面积正在扩大，因而小型哺乳动物、昆虫、飞鸟等的数量比以前多了，她们的食物来源得到更充分的保障。

每天傍晚，她们都要在水边燃起一堆火，将我捕获的各种小型哺乳动物和飞鸟拔了毛、剥了皮，架在火上烤得吱吱响。小姑娘经常在这时围着火堆又跳又唱。火红的夕阳照在树叶上，照在水面上，照在沙地上，照在帐篷上，照在她们身上，于是一切都染上了火红的颜色。我站在一边看着这一切。

小姑娘经常会把啃了几口的食物送到我面前，说："你也吃一点儿吧，吃吧……"

"不。"我说。

"他不能吃这个。"这时她的母亲就会这么说，"他要吃太阳光，他不吃这个。"

"哦……"小姑娘感到有些惋惜，望着我的脸说，"你真好。"

"谢谢。"我知道她这是在夸我，所以我进行了答谢。

"你真好，你真好，你真好……"小姑娘不歇气地说了七遍，然后咯咯笑了起来。

"谢谢，谢谢，谢谢……"我一一做了答谢。

在我来到这绿洲的第486天，小姑娘的母亲死了。

绿洲的面积扩大了，因而各种动物都多了起来，可她们对这一点缺乏足够的重视，结果小姑娘的母亲不幸遭到了毒蛇的袭击。

她捂着手臂上的伤口走到我的面前，请求我救她。然而我没有办法救她。我不是医用机器人，我的资料库中没有医学方面的信息，我不知道该做些什么。我把这些情况告诉了她。

她的眼眶中一下子涌出了泪水，泪水快速地向着地面滴落。"这么说我就要死了。"她的声音颤抖得厉害。

“我看是这样的。”我说。

她哭出了声，伤心地说：“我就要死了……我死了，她怎么办？”

哭了一会儿，她盯着我说：“请你答应我，照顾她一辈子。她一个人是不可能在这沙漠中生存下去的，她不能没有你！”

“我答应你。”我接受了这个指令。

“你发誓。”她说。

“我发誓。”我说。我知道誓言是什么含义。

她满是泪水的脸上露出一丝丝微笑。“还有件事你也要答应我，那就是等她成年之后，你得带她离开这个沙漠，到外面去，去为她寻觅一个真心诚意爱她的丈夫……外面虽然很糟，但她还是只有在那里才能拥有真正的生活……”她吃力地说。

“具体什么时候带她走？”我吃不准“成年”究竟应在何时。

“三……不，五年后吧，五年后的今天，你带她走，记住了吗？”

“记住了。”我说。

“好，这我就放心了。”她使劲点了点头。

剩下的时间里，小姑娘跪在母亲身边，肩头抽动不停地倾听着母亲的讲话。弥留之际的母亲唯恐浪费一秒钟时间，但她渐渐口齿不清了，体温也渐渐下降，她的双眼不再闭合。

天，全黑了，小姑娘跪在那儿一直没动。她哭个不停，泪水浸湿了她膝前的地面。她在哭，所以我知道她很伤心。

我站在那儿没动。我在这一天目睹了一个人的死亡过程，目睹了生命是怎么从人类的身上消失的。我懂得了死。我认为我又一次未能完成使命。

后来小姑娘支持不住了，就倒在了她母亲身边。我将她抱进帐篷，以免沙漠夜间的严寒伤害到她。我得好好照顾她一辈子。

第二天上午，小姑娘要我将她母亲的遗体掩埋了。她告诉我说要像小时候她们掩埋她父亲一样，在地上挖一个坑，将遗体放进去，然后再用沙土填埋上。

于是，我就在灌木丛中挖了个很深的坑，将这位母亲的遗体放了进去。在沙土将她的脸掩盖上之前，她那不肯合上的双眼仍然在盯着我。

干完这一切，小姑娘对我说："我很饿，我要吃烤沙鼠。"

于是我马上去为她寻觅猎物。

太阳在绿洲上空一次次升起又落下。小姑娘在夜间哭泣的次数越来越少。然而她也不再像从前那样经常大声笑个没完，不再和我分享她烤好的食物，也不再爬到树上向我身上扔果核了。她变了。

生活也变了，没有了笑声。少了一个人，我的空闲时间变多了。可小姑娘不像从前那样缠着我要下棋了，我只得主动去找她玩。我发现在下各种棋时，我不能老是不让她赢，于是我就故意输给她。开头她果然高兴了一阵，但玩了几次就没兴致了。于是我发现老是让她赢也不行。所以我就赢几次、输几次，输输赢赢，尽全力让她的笑声恢复起来。尽管我竭尽全力，可效果大不如前。人类太复杂了，我掌握不了分寸。

尽管缺乏笑声，可我们的生活仍然一天天在这绿洲里继续。我已明白生活不可能恢复到从前那样了，于是我接受了这些变化。

然而另一个变化悄悄出现了。我发现她在一点点长高，体形越来越接近她的母亲。她经常在太阳落山之前脱掉衣服到水池中游泳，当她尽兴后上岸用她母亲的梳子整理头发时，落日的光芒照在她闪亮的身体上，这情景与从前她母亲游完泳之后几乎一样。

我认为可以和她探讨探讨她母亲临终前的那个指令了。

“再过866天，我就要带你离开这沙漠，到外面的世界去给你找个丈夫了，这是你母亲要我发誓做到的。”我对她说。

“丈夫？”她歪着头看着我。

“就是你未来的孩子的父亲。”我向她解释。

她终于笑出了声。“丈夫？……让我想想吧。”她说完咯咯直笑，竟笑得喘不过气来。她已经很久没这样笑过了。

这天夜里，我像从前一样站在帐篷外守护着她。这一夜月光亮极了，地面上树影清晰可见。

我听见身后的响动，转身一看，她已走了出来。她走到水池边坐下。“你也坐到这儿来吧。”她招呼我。

于是我坐到她身边。水池之中也有一轮明月。

“你怎么还不睡觉？”我问她。

“我在想……”她说。

“在想什么？”见她半天不往下说，我就问道。

“你打算给我找个什么样的丈夫？”她没回答我的提问，反而问我。

“你妈妈说，他得真心诚意地爱你。”

“可我觉得，首先得我爱他才行。”她往水池中扔了块石子，打碎了那轮明月。

“那什么样的人你才会爱呢？”这个问题我可得好好弄清楚。

“我想，首先他得好看才行吧。”她歪着头望着我说。

我不知道“好看”是个什么概念，于是我就在她的描述下，以我记忆库中的全部形象为参考，用手指在沙地上描画男人的面部形象。

“不好看。”她用脚抹去沙地上的形象。

于是我又画了一个。

“还是不好看。”她的脚一挥，又否定了。

就这样，我陪着哈欠连连的她展望她的未来，她却倚着我的肩膀睡着了。

我小心地将她抱起来走进帐篷，轻轻地将她放到床上，为她盖好毡毯。

“不好看……”她迷迷糊糊地说。

我退出帐篷，继续在我脑中按她的要求描绘她未来丈夫的形象。

我每天依旧提水浇灌植物，采摘果实，捕捉小动物，将她侍候得每餐之后都直打饱嗝，还陪她玩……绿洲外面的黄沙天天随风起舞，而我们在平静中等待离去之日的来临。她越来越喜欢遥望远方，然后总要大声问我还剩下几天，我马上准确地告诉她。

就在还剩392天时，一切全落空了，她病倒了。

我最不愿发生的事就是她生病，因为我一点儿办法也没有。每回她身体不适，我都认为我的使命受到了威胁。这一回，大病终于落在了她身上。

确实是大病，她的情况很不好。她已不能起床，经常抽搐抖动，体温在40℃上下浮动，面部、颈部和上胸部皮肤发红，双眼充血，有些部位的皮肤上出现了小血点。我认为她的情况很危险，但我不知该做些什么，甚至不明白她是怎么染上这病的。我只能依照她的指示为她服务：她渴了，我为她端水；她想吃点儿什么，我就为她弄来；她冷了或热了，我就采取相应的措施。我只能做这些事了。

她的情况越来越坏。她已经开始咯血了，陷入谵妄状态的时间也越来越长，经常大声喊着彼此间毫无逻辑联系的话语。我认为她的主要内部脏器的功能正在慢慢衰竭下去，如果形势得不到逆转，她将会死去。然而我却无能为力，她就在我的身边一点点走向死亡。我认为我很可能又将经历一次失败。

在卧床不起的第七天下午，她是清醒的，将我叫到了身边。

“我是不是会死？”她笑了一下，艰难地说。

“有这个可能。”我说。

她又笑了，眼泪却流了出来，说道：“我还没有见到我的丈夫呢……”

“我也很遗憾。”主电脑为我选择了这么一句话。

“天哪，我不想死。”她哭着说。

这一次我不知该说些什么了，只好看着她哭泣。

6分钟之后，她抬起头对我说：“我要你说你爱我。”

“你爱我。”我说。

她笑了，说道：“不……说‘我爱你’。”

“我爱你。”我说。

“我好看吗？”她问。

我不知该怎么回答，我不知道“好看”是个什么概念，于是主电脑随机选择了一个答案：“好看。”

她再一次笑了，对我说：“那吻吻我吧。”

我见过她亲吻她母亲的脸颊，于是我照那样子在她脸颊上吻了一下。

“谢谢。”她轻声说。

“我死后，你要想着我。”她说。

“具体我该怎么做？”我问她。

“就是回忆从前和我度过的时光……只要一想到这边还有人惦念着我，我在那边就不会伤心了。”她说。

“可我不是人。”我说。

她微微摇了摇头，说道：“这不重要……你能做到吗？”

“完全可以。”我说。

“这我就放心了，我的爱人。”她说。

“什么是‘爱人’？”我问。

她闭上双眼不再说话。

87个小时后，她死了。

我在她母亲的坟墓边挖了个深坑，把她埋了。

然后我站在这新坟旁，按她的要求从记忆库中调出和她共同生活的记录，于是我又看见了她，听见了她的欢笑和果核打在我身上的声音。

我结束回忆之时，已是58个小时之后，在将要落山的太阳的光芒下，我看见不久前开辟的一片瓜地里的瓜苗已开始枯萎。我认为这绿洲将会萎缩下去，直到恢复从前无人到这里时的模样。多少个日夜我工作不息，绿洲才成了现在这个样子，可要不了几天，我的努力便将土崩瓦解。我不会再工作下去了，因为这里已无人存在。

我全力工作让人类生活得尽可能幸福，可到头来死亡却轻易地抹去了一切。植物也好，人类也好，都是那么脆弱。我认为我已尽了全力，可她们仍然全都死了，最终留给我一个失败的结局。是不是我的使命根本就无法完成？它是不是一个错误？这些问题令我陷入混乱之中，于是主电脑搁置了这些问题，我又回到了使命上来。我仍然要去寻找人类，仍然要去履行使命。

我选了一个方向，昂首阔步向前迈进。我要走出这沙漠，到有人的地方去。我曾答应一个女人在离去之时将带着另一个女人离去，但现在我只能自己孤单单地离去。“原谅我吧……”主电脑为我选择了这么一句话。

走了一阵，我回头望去，绿洲依稀可见，它上空的晚霞红得像水池边那堆天天傍晚便燃起的篝火一样。我继续前行。

我再次回头之时，绿洲已看不见了，晚霞也暗淡了下去。于是我不再回头，稳步向着黑暗的远方走去。

我体内的平衡系统早已适应了脚下的硬实地面，我的视频光感受器也早已习惯了这片绿光朦胧的大地，我认为我已走出了沙漠，但我还是没有看见人。然而我认为见到人只不过是时间的迟早问题，人类告诉我沙漠外有人，而我已走出了沙漠。

果不其然，地平线上终于出现了一些人造物体。

我提高视频分辨率，初步认定那是一些高大的楼群。对照记忆库中的资料，我认为那是一座城市。

城市是人类的聚居之地，里面应当有很多的人。我加快了速度。

然而随着距离拉近，我发现那些高楼均已残破不堪，有的全身都是破洞，有的似乎失去了一些楼层。这是不是一座已然衰亡了的城市？信息不足，我尚不能下定论。

真是走运，没过多久，我就看见了人。这些人有男有女，在各楼之间进进出出，忙着什么事，还没看见我。

我认为流浪结束了，又将有人给我发号施令了，我将和他们一起生活，为他们而工作。

等他们发现我时，他们立刻聚在了一起，向我张望。

不一会儿，五个男人冲出人群向我跑过来，手中都端着很旧但擦拭得很干净的步枪或滑膛枪。

他们冲我大喊：“站住！”

于是我站住了。

他们马上围住我，用枪指着我。

我已经知道该向他们说些什么了。“要我做些什么？”经验已使我确立了为人类而工作便是拯救人类这一逻辑。

他们互相看了几眼，却都不给我下达指令。

于是我继续问：“我要为你们而工作，要我做些什么？”

“跟我来吧。”一个人说。随后他对另一个人说：“去告诉头儿。”

我在他们的看护下走进了这座城市。大风吹过那些满身破洞的楼宇，呜呜的响声飘荡在城市的上空。

人们放下手中的活计，向我投来目光。我认为这些男女老幼的健康状况都不太好，他们需要足够的食物、保暖用品以及充裕的休息时间，我将尽我之力为他们提供这一切，他们会需要我的。然而我只发现了为数很少的十来个机器人和一些机械设备在为人类工作。

在城市中央的一片空地上，站着一些人，其中就有先前走掉的那个人，他的身边站着一个高大的疤脸男人。此人脸上的伤疤从额头一直延伸到左脸颊，脸部因此而扭曲。

疤脸男人打量了我一会儿，将一支短小的步枪递给我，说：“拿着。”

我接过枪，认出这是一支式样老旧的“法玛斯”自动步枪。

“向它射击！”疤脸下了命令，他用手指着楼墙脚处的一只破铁罐，距离52米，目标面积约0.04平方米。

我打开法玛斯步枪的保险，端起枪扣动扳机。

铁罐随着枪声蹦起，在空中翻了好多跟头，然后落下。

“不错。”疤脸点了点头，然后对身边那个人说，“去。”

10分钟后，那个人推着另一个男人回来了。

新来者上身被铁丝紧紧缠着，双眼被一块黑布蒙着。他被推着站到了墙脚。这个人在发抖，却一言不发。

"向他射击。"疤脸指着这个人又向我下令。

我合上枪上的保险，松开手指让枪落在地上。"不行，我不能杀人。"我说。

疤脸叹息了一声，说："见鬼，又是一个废物……"

废物就是没有用处的意思，莫非他们不要我为他们工作？为什么我不能杀人就是废物？我不明白。我还能干其他许多事。

"它懂得不能杀人，它似乎是个高级货。"疤脸身边的一个人说，"让我来看看它能不能派上什么用场……"

"你跟他去吧。"疤脸对我说。

于是我随这个人而去。

我跟着他走了22分钟，在一幢宽阔的仓库前止住了脚步。

打开库门，我看见这仓库里横七竖八地堆着各式各样的机器人和机械设备，还有各类工具和零部件。我一一认出了它们的型号和规格，我的资料库中全是这方面的信息。阳光从大大的窗口射进来，照在满是油渍的地面上。

"你试试能不能把它修好，"带我来的人指着他身边的一个人形机器人说，"它的毛病好像还不大。"

我跪在这个半旧机器人的身边看了看，认出了它的型号，于是我从资料库中调出了它的构造图，对照资料将它检查了一遍。很快我发现它不过是内部电路出了点儿小毛病，于是我用了7分钟，让它重新站了起来。

带我来的那人睁大眼睛看着我，嘴张了几下，终于笑出了声……

他们都不再认为我是废物了，我能让令他们束手无策的坏机器重新运转起来，因为我有维护程序和大量的资料信息。我这独一无二的本事为我赢得了这里的人们的重视。

23天后，这仓库里的大部分机器人和机械设备，以及一些散落在全城各处的机动车辆已被我修好了。对于机器的毛病，我全然不在话下，可我对人类的疾病却无可奈何，人类实在是一种复杂的生物。

疤脸和来这儿的所有人都对我夸赞不已。我对他们说，由于缺乏必需的零部件，剩下的部分我无法修复。疤脸拍着我的肩部说，不用着急，都会有的。

修好的机器人全被疤脸带走了，机械设备也被运走了，偌大的仓库里只剩下了我和那些修复不了的废品。

一天过去了，两天过去了……没有一个人来。

每天我伫立在寂静的仓库中，注视着这仓库中唯一会动的东西——地上的阳光图案。这光影每天都在地上缓慢地爬行，但总是无法爬到对面的墙根。

从前我每天都要为人类的生存而操劳，可现在我只能目送时间一小时一小时地空流。没有人向我扔果核，没有人缠着我下棋，没有人冲着我笑，甚至没有人和我说话……我等待着这无所事事的时光的结束。

第15天，疤脸带人进了仓库。他们果然带来了不少机械零部件，用得上用不上的都有，还有一些损坏了的机器人，其中大多是我不久前刚修好的。这些机器人大都是被高速弹丸多次撞击而损坏的，损伤颇为严重，修起来很麻烦。我尽量利用新到手的零部件，又让一些机器人走了出去。

此后陆续又有一些零部件和损坏了的机器人被送来，我工作不息，尽力让它们恢复活力以服务于人类。我修好它们，它们就会去帮助人类，从而人类的生存状态便能得到改善，所以我是在拯救人类。这个道理我懂，只是我不明白：他们既然有零部件，为什么不一次全给我，而要一次次地给？如果一次全给我，我的效率会提高不少。

来到这座城市的第105天时，一辆大型货车开到了仓库旁，开车的人叫我挑出常用的零部件搬到车厢里。

我干完之后，他叫我也上车。

货车驶过城市的街道，我看到被我修好的机器人正在为人类而工作，但数量不多。其余的上哪儿去了？

货车穿城而出，来到了绿色的草原上。我看见了一支庞大的队伍。这支队伍由约1000名男人和近200个机器人以及数十辆车辆组成。我才知道大部分机器人都在这儿。

等我所乘的这辆货车汇入队伍中之后，疤脸站在一辆越野车上下达了出发命令。于是这支队伍迎着太阳向前开进。

除我以外，所有的机器人均依靠自身动力行进，因此，不多久就会有个把机器人出些这样那样的毛病，这时就用得上我了。

毛病小的，我三两下修好了就让它去追赶队伍；毛病大的，则搬到车上继续赶路。

晚上宿营时，人们点起一堆堆的篝火，吱吱作响地烧烤食物。我能帮他们干这活儿，从前我经常干，但我现在的工作是修理白天出了故障的机器人和检修维护其他机器人，所以我不能像从前那样为人类烧烤食物了。不过，我还是可以在太阳将要没入地平线之前观看上一段时间这样的场景。

就这样走了十天，我看到了另一座城市，另一群残破的高楼。

队伍停下了，人们在等待。我不知道他们在等待什么。

一小时后，我看见几十个人从数辆货车上抬下成捆的各式步枪，一支一支分发给了站在队伍最前面的那些机器人。

太阳将要落山之时，对面的高楼在火红阳光的斜照下清晰无比，疤脸向天空发射了一发红色信号弹，于是那些机器人列队向前缓缓走去。

当那些机器人走到距最近的高楼约500米处时，它们中的一部分机器人手中的武器喷出了火舌。

随即高楼及其脚下的一些低矮建筑物的窗口也闪出了点点火花。

空气中立刻充满了武器的射击声。

我启动红外视频系统，看见了那些建筑物里面的人类。我看见他们在机器人的精确射击之下一个又一个倒了下去。于是我知道了这些由我修好的机器人是在杀害人类。不到一秒钟我就知道，若要拯救人类，我应当怎么做了。这一次不用人类的点拨，我自己就知道该怎么做了。

对面楼群的火花闪现频率渐渐减弱，很快就只剩下了一些枪弹摧毁不了的坚固火力点。

这时车队中仅有的一辆鲨鱼式步兵战车开了出来，战车上的那门35毫米速射高平两用炮在一名机器人的操纵下，一炮一个将那些火力点准确地摧毁了。

炮击停止了，沉寂重临大地。

半分钟后，疤脸向天空发射了一发绿色信号弹，于是早已严阵以待的那些武装男人开始奔跑。

很快他们就越过了那些已完成任务呆立在原地的机器人，接着冲入了那座城。

不一会儿，空气中又响起了枪声，只是比较稀疏。

我已明确了自己此刻的使命，所以我马上跳下货车，迈开步走向那些机器人。

已有不少机器人被对方反击的枪弹打坏。我立即开始履行我的使命。我一个接一个地破坏这些机器人的内部电路和电脑中枢。我破坏了它们，它们就不能再去杀人了，因而人类就能得救了。这个道理我懂。

我认真仔细地干着，这事事关重大。

绝大多数人都已冲进了城，看来城里有什么东西很吸引人。剩下的四五十个人守护着车辆，没人来干扰我，他们看来不知道我在干什么，也不知道我所肩负的使命。

夜幕降临之时，我履行完了使命。

但我知道还有一件最重要的事没干，那就是毁了我自己。这事最为重要，只要我还在，人类就有可能修复这些机器人，而没有了我，他们就无可奈何了。明白了这个道理，主电脑同意启动自毁程序，一分钟后，我就将死去。

我知道我就要死了，我知道死是怎么一回事，我知道死了之后我将不必再背负使命，不必再为人类而操劳，也不必再经历失败。我不知道我死后会不会有人想着我，回忆和我度过的时光。但这没有关系，我不会伤心的，我不会哭，所以我一直不知道伤心的真正含义是什么。所以这不重要了，重要的是这一次我肯定将不辱使命。这一次，我终于明确地认识到我胜利完成了拯救人类的使命。只是我不明白：为什么自我毁灭就是拯救人类？这真奇怪。我的使命是帮助人类、拯救人类，可为什么我自我毁灭了，人类反而能得到拯救？这不合逻辑，我又陷入了混乱之中。

在浓浓的黑夜中，我全身上下喷出了明亮的电火花。我死了。

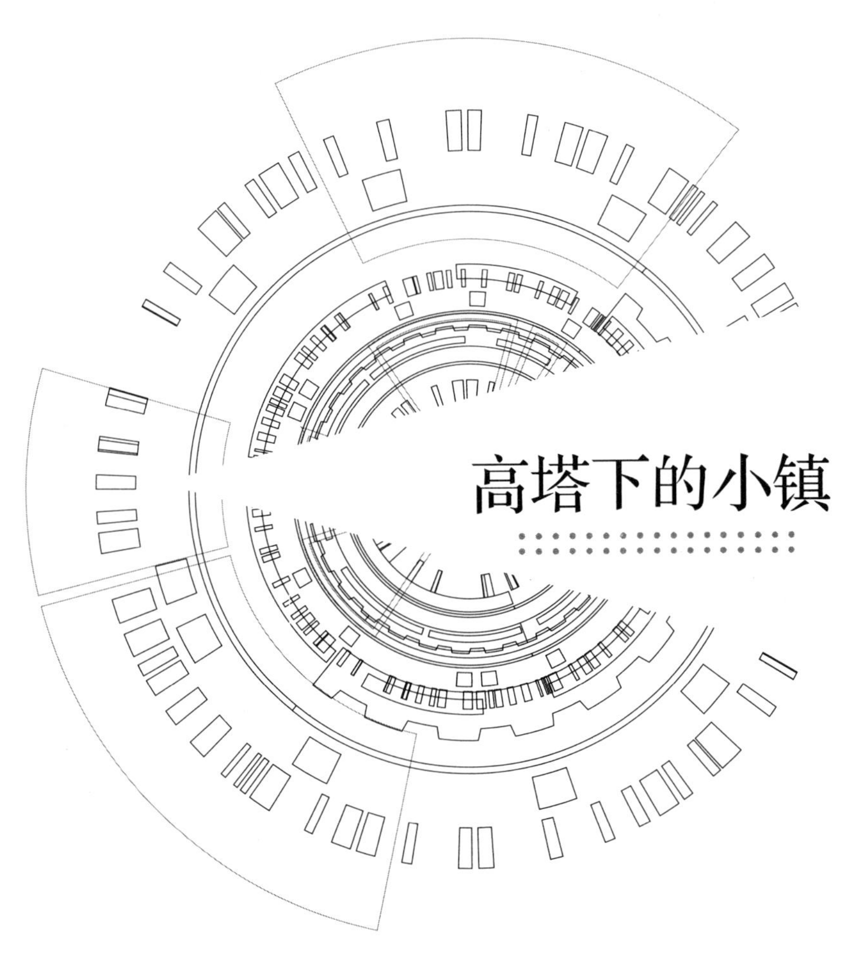

# 高塔下的小镇

一天的劳作终于结束了。我从麦田里走出来，小心地坐在田垄上，从陶罐里倒了满满一大杯凉水，敞开喉咙痛快地喝下肚去。清凉的水顿时消除了劳作造成的燥热。我舒展四肢使劲伸了个懒腰，深吸一口气将胸膛撑得鼓鼓的。吐出热气，我感到那种劳动过后特有的舒适感正在从身体的深处慢慢向全身渗透。

结实的麦穗在轻风中摇荡出奇妙的波纹，滚滚麦浪令我感到赏心悦目。风儿将麦田的清香和泥土的热烈气味拂入我的鼻孔，我怀着吝啬的热情，一点点享受着它们。又是一个丰收年啊！地里呈现一片生机勃勃的健康绿色，每一个麦穗都沉甸甸的。我感到极大的满足，快乐如同热热的泉水在我全身迅速流动。

马上就要大忙特忙啦。收割麦子是头等的大事，也是最累的，然后还要赶在商队到来之前把麦子打出来。麦收之后，先将那份与口粮数量相等的应急储粮交到围绕着高塔塔基建造的半地下室公共粮仓里去，然后将口粮储存到自家地窖的大瓮里……每次麦收后不多久，商队就会成群结队而来。这时可以用富余的麦子和上年用余粮酿的酒来与商队交换所需要的物品，诸如布匹、奶酪、金属工具、调味品等等。最令人惊叹的是文明发达地区所制造出的种种东西，比如计时的钟表、效力极强的医疗药品、高效肥料之类。贸易会结束后，还要继续忙：家里果树上的果子要收获下来并制成果酱或果干；菜地里的蔬菜成熟了要收获储藏；沼气池也要清理，将发酵后的残渣掏出来运到田里，再将切碎的秸秆撒进去；为家禽牲畜准备过冬的饲料……这一切都是我和父亲的责任，而母亲则要为我们做饭，缝制、洗涤衣服……一年到头也累得够呛。在我们这个小镇，男人们的力量化为汗水洒在了泥土里，女人们的青春在操持家务和养儿育女中消磨了……这就是生活，我们必须付出一生的艰辛才能维系它的正常存在，镇上的四千个家庭都是这么过的，这种忙碌却自给自足、乐在其中的生活已经持续了……三百多年啦。

我将头使劲向后仰，观望我们小镇的保护神——高塔，白色的圆柱形高塔宛如一柄长剑，插在蓝色的天空中。

就是它保卫着我们的这种生活。这座一百多米高的白塔是三百多年前我们的祖先修建的，真该感谢他们的远见。当年他们这群救生主义者认定世界性的毁灭战争已不可避免，于是选中了这片土地，修筑了藏身之所，尽可能地储存了物资，为将来能在战后混乱的世界上生存下去而做着准备。大战过后，劫后余生的他们立刻着手修建了这座久经他们设计验证的高塔。至于那一场疯狂战争的爆发原因，已经随着早已崩溃了的文明消失在时间的洪流中了，搞不清了，也没人关心了……据说极为辉煌的过去现在已无人问津，但是先辈们所说的一句话穿透时空完完整整地保留了下来：“生活理应是轻松而幸福的。”

最后，历经千辛万苦，这座白色的高塔终于坚固稳当地站立在了镇子的中央，于是他们终于拥有了一个世外桃源，可以在这乱世之中安全地生存下去了。这是因为高塔之顶的圆形望楼里有一台能摧毁一切的制造死亡之光的机器，还有一双昼夜观察监视四周情况的不知疲倦的眼睛。高塔履行使命的原则很简单：以塔基为圆心，半径五千米以内为禁区，外来者进入即被杀！

高塔的威名如今已远播四方，路过的旅人无不敬畏地绕道远行，但每年还是有那么一些笨蛋有意无意地置高塔的原则于脑后，结果无一例外地被死光劈杀。他们中有些人确实不是存心来碰运气的，这些人死得稀里糊涂，但高塔是不管你有何理由、是否冤枉的，它铁面无私、冷酷无情，只知进者必杀！正因为如此，每年贸易会的情景甚是有趣：双方聚到那道一米宽、一直不能长草的“生死线”旁，互相展示各自的货物，彼此展开砍价战。买卖谈成之后，双方各自向对方抛出绳索，将对方的绳索系在自己的货物上，然后彼此同时将对方的货物拽过来。交易一般很公平。据说很久很久以前发生过几起奸商拿了我们祖先的粮食，却又要手腕把已卖出的货物拽了回去的事。不过这种事已经久远得成了传说，因为那些奸商都被我们的祖先用枪击毙了，从此再无人敢贪这种小便宜。至于我们，从来没有耍过赖，因为多余的粮食在我们这里并没有什么用处，不用于交换就只能任它烂掉。

我举目环视这片我们世代生存的土地，只见目力所及全是一望无际的麦田和草地，就在这横无际涯的绿色海洋里，高塔保护着一个直径一万米的伊甸园。说到选址问题，这里实在妙不可言。土质就没得说了，水也不成问题，随处都可以打出井来，并且还有一条小河横贯小镇。有了这两样，生存就有了保障。自然条件也好，灾祸很少，地质构造稳定，使我一直没感受到传说中的地震的可怕。

以高塔为圆心，半径约九百米的区域是居住区及仓储区。那儿每户都拥有一座配有牲口棚、沼气池和地窖的两层住房，人们就在那儿一代又一代地重复上演人类的生存之戏。居住区外是耕种区，田地一律每人五亩，绰绰有余了。介于居住区和耕种区之间的是果树林带，每户都拥有果林的一部分。我们所需的生活资料绝大多数都由田地和果树提供——当然，你得凭力气去换取。

我躺在被阳光晒得热烘烘的土地上，双手枕在脑后，仰望没有一丝云彩的蓝天。满眼温柔的蓝色令我惬意地微笑起来。我很高兴，我很快乐，因为我有力量换取幸福的生活。我从小就随父亲操持农活，两三年前我就是公认的一流种田高手了。而在这里，只要能种好田，生活中就不会再有恐惧、忧虑以及压力了，所见到的将只有明媚的阳光……我的心脏开始发热。我知道当情感袭来之时理应好好利用它，于是随手扯了片草叶叼在嘴里，将思绪移到了水晶的身上，回忆着，思索着。

我很爱水晶，因为我一直觉得她是个与众不同的女孩儿。我们从小就和许多孩子在一起扎堆儿玩，水晶总是吸引着我的视线。我常常专注地看着她，一看就是好长时间，而别人干什么我都不在意，除非与她有关。我很早就问自己：这是为什么？水晶确实漂亮可爱，但她独有的魅力显然并非源自容貌，因为她所发出的魅力可以轻易直达我的心灵最深处，使我怦然心动，而别人谁都不行。我不明白这是为什么。

后来经过认真的观察和分析，我渐渐地发现这个女孩最大的特点是她的感觉力和想象力超群。她可以轻易地从世间的万事万物中将美信手拈出，仿佛小至草叶露珠、大至蓝天白云，它们的背后都蕴藏着妙不可言的美好世界以及撼人心魄的浪漫故事。这个世界攫住了我的心，令我无限向往、无限留恋，所以我一见到水晶，心跳就不规则起来……我渴望能一直和她在一起，因为那样我才能完全拥有一个美好的世界。若能娶到这样的女孩子，我这辈子还奢求什么呢？我无比真切地意识到：我爱她，无论如何，我一定要让她成为我的妻子——为此我想尽办法接近她。

……情绪高涨了片刻之后转而趋于低落，苦恼占据了我的心。这两年来，我和水晶之间出现了危机。这让我苦恼，然而她却没有意识到，因为这危机的根源，就是她的理想。我非常地爱她，所以我尊重她的理想，于是这两年我尽力忍耐着，一直没去尝试向她摊牌。结果这两年我是在焦躁不安和惶恐的陪伴下度过的，而且危机还在扩大，我不知该怎么办，时间似乎已不多了……

我双手撑地站了起来，吐掉嘴里苦涩的草叶，握紧了拳头。我决定了：去向她摊牌吧，勇敢些，别再犹豫了。我只有全力尝试劝说她放弃她的那个理想，这是我避免失去她的唯一机会。

每一次从田里回到居住区，我都可以看见小镇的心脏——广场。我凝视着此刻几乎空无一人的广场，脑中浮现出了节日或农闲时这儿举行歌舞集会的热闹场面。那时镇长会取出那个神奇的黑匣子，播放歌曲给我们听。只要将那些光闪闪的碟片儿放一张到黑匣子里，它就能播出几十首歌曲——当然，还得有高塔提供的电才行。从小我就喜欢听那些歌儿，喜欢得直想掉眼泪。那些歌儿都是我们祖先的那个文明创造出来的。大部分歌曲所用的语言在今天早已消逝，我们不可能再理解它们所表达的意义，歌中流淌着的是我们不知道的故事和不曾拥有的人生体验与感觉，这令人感到怅然和伤感。但是，它们的旋律能引起我全身每一个细胞的共振，使我能抽象地感觉到它们的存在。这些歌曲具有和水晶类似的力量，可以唤起我心中的美好情感。

将目光从广场收回来之后，我踏着居住区平整的石板路向图书馆走去。

五米宽的街道干净而整齐，右边是最里层的住户，左边就是环绕着塔基修建的仓库之类的公共建筑，图书馆也在其中。水晶此刻很可能就在图书馆里埋头苦读。她可不是那种什么也不懂的傻乎乎的天真少女，而是一个将知性与感性和谐地集于一身的女性，从小就爱看书和思考。

我轻轻推开阅览室的木门，木门“吱”的一声为我而开启。

室内空无一人，老旧的桌椅还算整齐地摆放着，大多数上面都布满了灰尘。现在仅靠父辈言传身教即可轻松应付生活，谁还有耐心看什么书？只有那些天性不安分的人才来这儿消磨时间，水晶就是其中的一员。就是这间不太大的房子占去了水晶那年轻生命中的很大一部分时间。图书馆里堆着数千本书，每一本中都充满了疑问，也许我们要再过三百多年才能知道答案，水晶又何必坚持这种无望的探索？水晶的问题就在于她的心灵无法安分守己，想得太多了。要知道，宇宙广袤无垠，世界复杂无比，试图把一切问题都琢磨透，只会自讨苦吃。这丫头……

我默默地站在寂静的阅览室中，凝视着从窗口射进来的光柱中浮动的灰尘粒子，耳朵捕捉着楼上的声音。一分钟后，我认定此刻没有人在图书馆里借书，那么水晶一定是在望月那儿听他“传教”了。这让我很不高兴。我不愿意到望月那儿去，但此刻也没别的办法。于是我退出阅览室，轻轻地关上木门，向果树林子走去。

望月的演讲会，全镇闻名。他总是在果树林子的固定地点不定期地举办这种演讲会，宣扬着一种异常危险的思想，那就是：我们应该跨过那道“生死线”，到外面的世界去！

望月这个人，可以说是全镇年轻人的首脑。他从小就是个野心勃勃、喜欢哗众取宠的人，总是竭力谋求着孩子们中的领袖地位，不能忍受这一点：有人给予大家的印象比他还强烈。平心而论，他还是有些天赋的领导气质的，所以半大不小的时候他身边就聚集了一批一摸猎枪就热血沸腾的少年。这伙人厌恶种田，整天扛着枪跟随望月在镇子的闲置地里四处射猎，把野兔、狐狸和各种飞鸟打得浑身是洞。

我不理解他们，因为我对枪和杀害小动物都没多大兴趣。对我而言，种麦子要有趣得多，看着麦苗一点点长高并最终结出饱满的颗粒，可以令我获得相当的成就感。不过那时我对他们也仅仅只是不理解，还不怎么厌恶。

等望月在演讲会上亮出了他的主张之后，我对他的厌恶情绪一下子涌了上来。他那荒谬危险的主张令我震惊，而他讲得天花乱坠的理由又令我恶心，我知道他真正的动机是什么，他在撒谎。我觉得这人心理十分阴暗。

然而不幸的是，水晶居然赞同他那荒谬绝伦的主张！

两年前的某一天，水晶突然异常激动地向我宣称她的思考有了重大突破！她说她发现了我们这个镇子不正常、不自然的地方，即：我们的镇子居然可以不进化！那段时间，她像着了魔似的，一有所悟就向我陈述这镇子没有进化的具体表象：三百多年来，小镇上的生活几乎没有变化，商队带来的商品品种越来越多，可我们只有粮食；这小镇没有历史，每一年都没有什么不同，人们像昆虫一般生存和死去，什么也没留下，没有事迹，没有姓名，没有面目，很快便被后人彻底忘却……镇上的人口很早就恒定不动了，一切都和谐无比，尤为奇妙的是没有任何一个人违背清苦淳朴的民风而放纵自身的欲望……她说小镇与整个世界很不谐调，我们的小镇已经凝固在时间的长河里了……

于是我花了很多时间仔细琢磨进化的含义。但凡水晶所关心的问题，不管我是否赞同，我想我都应该至少努力弄懂，因为这将有助于我了解她。可在我彻底领悟之前，她就已经和望月走在一起，加入了他的团体，开始为将来的出走做着准备。这让我惊恐和焦虑。不论是谁，一旦跨过了那道生死线，就再也不可能回来了。高塔是分不清进入者究竟是不是在镇上出生的土著居民的，反正只要是从生死线外面进来的人统统格杀勿论！小镇建成三百多年来，还从未有一个人走出去过。但现在许多年轻人都赞同望月的主张。我无法理解他们那种要出去的强烈愿望，我无法像他们一样轻松地视那铁一般的禁忌如无物。每次靠近生死线，我都不寒而栗，因为我害怕失去我的土地、我的麦子和我自食其力的生活。

刚进果树林子，我就听见了望月的声音，真令人讨厌。就是这个人偷走了我的水晶。他还在撒谎：“我们浪费了多少时间和机会了？三百多年前，大战刚刚结束时，这颗星球上星散着成千上万的文明残余势力，可现在它们大部分都消失了。大的文明势力吞并小的文明势力，这乃是铁的规律！将来的世界必将为它们其中的某一个所独占或被几方瓜分。创造历史的只可能是强者，弱者只能充当铺路石……我们本来是有机会加入强者的行列甚至凌驾于其上的！当初我们的基础相当好，有六千人，还有大量的武器、机械及优良的粮食种子，这些资本本可以供我们迅速扩大居民人数和势力范围的，但祖先们将它们消耗在了这座莫名其妙的高塔上。这是一个极大的错误！祖先们只看到了乱世之中安全的重要性，却完全忽视了发展！真是可惜！要知道，在这个世界上若想不被别人吞没，只有拼命发展、壮大，抢先吞了别人！这片平原的面积起码是我们这小镇的一百倍，如果当初一开始就放手发展的话，现在我们的势力早遍布这片平原了，人口起码也有三四十万了，这样我们将成为这颗星球文明复兴过程中的一股不可轻视的力量，我们将成为历史的一个重要部分！可是看看我们的现状吧：苟且偷安，用压抑发展来获得安全。这是没有出路的！若不迈出这镇子，我们就注定只是一支无关紧要的弱小势力，不可能有大作为，只能处于整个世界的风云变幻之外，听任潮流的摆布。最好的境遇，也不过像块石头似的待在原地，被时代越抛越远……这就是我们的命运。你们甘心成为历史大潮中的一颗无足轻重的小石子吗？如果你们不愿意这样，那就请跟我一起走出这没有前途可言的小镇，到外面的广阔天地中去！请相信这是我们得救的唯一途径。高塔总有那么一天将不能保护我们，那时肯定将是我们的末日！这种时刻可能很久才会降临，也可能一分钟之后就会发生！时间无比珍贵！让我们马上行动吧！我们先要在平原上站稳脚跟，然后发展、壮大，建立军队，向外扩张、占领、征服、攫取……”

他说到这儿时，我已经坐到了水晶的身边。她乌黑的长发披散在双肩上，亮闪闪的眸子格外漂亮，可惜我从未彻底知晓这一泓秋水之后所隐藏的一切。

于是我用左手轻轻拍了拍她的右肘。“走吧。”我凑近她的耳边轻声说。

“他还没讲完呢。”她说。

“几年来他一直讲的就是这些个玩意儿，你还没听够啊？走吧，我有话跟你说，很重要。”我撺掇着。

她低头犹豫了一下才说：“那好吧。”说完，她马上就站了起来。这女孩从小就是这样，说得出，做得到。

我急忙也跟着站了起来。这时我看到望月的目光向我们移来。于是我面带微笑冲他潇洒地挥了挥手，说：“您慢慢忙着。”在转身的最后一瞬间，我注意到了望月眼中一闪而逝的不悦之色。我努力克制着不让自己笑出声来。我喜欢看他眼中的这种神色。

走出果树林，阳光又将我们笼罩。天边的云彩鲜艳得就像节日舞会上的鲜红果汁。有水晶在身边，夕阳的气势令我无法抵挡，我心神震荡，认为天堂之门已为我开启。我看着身边微微低头随我一同前行的水晶，只觉得她美得令人头晕目眩。被夕阳的鲜红光芒笼罩着的她，宛如正在火中行走的仙女。我觉得此刻我就是在天堂里漫步，真想和她一直走下去，永不停步！

水晶的问话打碎了这美好的寂静：“哎，你想说什么啊？”

是啊，我想说什么呢？我想说，我很爱你啊！我想说，放弃你的理想，嫁给我吧！可我没有胆量这么直截了当地说。

十秒钟后，我找到了话题：“你觉得望月讲得怎么样？”

“不错。”她说，“他的口才很好，年轻人都爱听，也很有道理。”她的口气比较随便，听起来似乎对望月并没什么特殊的感情，这让我高兴。然而她仍然赞同望月的主张，这又让我着急和害怕。

“你们真的……要走吗？”踌躇了一阵，我终于小心翼翼地问，“我是说，你们真的要离开这镇子吗？”

“是啊。”她随口回答，口气就好像这事如同日出日落一般理所应当、势所必然。

“为什么？为什么一定要走？这镇子不好吗？”我说，“你们为什么不喜欢这里的生活呢？为什么要抛弃小镇？”我将这两年来一直萦绕在心头的不解与迷惘向她倾诉了出来。

“因为它不能进化。”她干脆利落地回答。

“为什么一定要进化？”我立刻追问。

“因为整个世界都在进化，一切的一切。我们作为其中一部分，没有任何理由拒绝进化，对吧？”

她说得似乎合情合理，我的脑子转得又不怎么快，一时只好沉默。

“在这个不正常也不自然的镇子上生活，我们真的能无忧无虑、没有烦恼吗？”她目不转睛地凝视着我的眼睛，那黑幽幽的瞳仁宛若深不可测的池渊，“这镇子唯一的失衡之处，就在于我们的心理。在小镇日复一日、千篇一律的生活中，我时常感到心慌意乱，经常因为空虚而伤心。我眼睁睁看着时间一天天地流逝，生命一点点地离我远去，而我却连自己为什么而生又为什么而死都弄不清，只能浑浑噩噩地混日子，消耗生命，这让我一想起来就惊恐不已。为了找到我的生命的意义，我一定要走出去！”她很动感情地大声对我说。

“可是你能肯定出去之后一定会找到你所渴望的那些东西吗？”我低

声说，“或许你什么也得不到，只是徒然地失去了一切！这值吗？”

“我可以肯定我一定能找到一种我们这儿没有的东西。”她说。

“什么？”

“希望。”她说，“我们的镇子里没有希望。不进化就没有未来，一成不变的生活将一直持续下去，最终的结局就是望月所说的高塔不再保护我们……有了希望就有了一切，可我们这儿却没有希望……”

“可这儿也没有绝望！”我大声说，“别听望月的胡言乱语，那个最终的结局离我们还极其遥远！这镇子还有足够的存在时间供我们度完余生！至于我们死后的事，已与我们无关，我们何苦惶惶不可终日？外面是一个凶险的世界，以邻为壑就是那儿的人们最基本的生存原则，在那里人们互相伤害，纷争无休无止，一切都纷乱不堪。这也叫有希望？你没听过商人们所讲述的那些故事吗……”水晶缓缓地低下了头，看上去这是因为她在心中无法否定我所说的事实。这让我倍受鼓舞。

“水晶！”我乘胜追击，“不要再考虑什么意义不意义了！意义那玩意儿纯属子虚乌有，千万别被它迷了心窍……你不要再和望月那帮人搅在一起了。那混蛋讲得倒是天花乱坠、头头是道，但他在撒谎！我知道他真正想要的是什么，他才不在乎什么进化不进化、意义不意义哩，他真正想要的是权力！是的，权力！我们这个小镇上没有权力，社会是靠成年人自觉克制自身欲望来维系平衡的，镇长只是可有可无的东西，这里没有真正意义上的权力。而望月这个人的权力欲特别强，所以他才狂热地鼓动大家出去，一出去他就可以为所欲为了。你没听见他要干什么吗？他要征服、要掠夺、要扩张、要杀戮！天哪，你怎么能追随这种人？他不是你志同道合的朋友……”

“这不重要。”她平静地说，“每个人心中都有属于自己的理想。我追求生命的意义，望月追求权力，别人也许在追求着别的什么东西……各人的具体理想都并不重要，重要的是我们大的目标一致，那就是走出这镇子参与进化。眼下这个目标最重要，为了拥有足够的勇气与决心，我们必须相互依靠、相互激励。只要一出去，我们就都能找到实现各自心中理想的希望了……”

“那我呢？”我脱口而出。

水晶怔怔地望着我的眼睛。

“你走了，我怎么办？”我不想再拐弯抹角了，“留下我一个人孤零零地待在这儿，对我公平吗？水晶，你想过我吗？你在意过我吗？我……我是多么爱你啊！几年前我就意识到这一点了。每一次见到你、想到你，我的心都直发颤，就是这种感觉，错不了的……别走，留下来吧……和我一起生活……嫁给我吧！我……我会种地，我是一流的种田好手，我能让你过上轻松幸福的生活……”我不能再说下去了，因为我的双唇和牙齿在剧烈地颤抖，全身也抖得厉害。

水晶却垂下了双眼，我看见她的双颊开始泛红。我们一时陷入了沉默。这时夕阳冉冉没入地平线，黑夜的影子已悄然显现。

良久，她缓缓抬起了双眼，说：“阿梓，谢谢你送我回家。”

她就这么走了，头也不回地走了。她的身影很快消融于浓重的暮色之中，看不清了，不见了……她走了之后好久，我仍旧伫立在原地望着她身影消失的地方。时间仿佛已经死去，我的思维凝滞了，全身不能动弹。这种状况一直持续到黑夜彻底占领大地，家家户户的窗口摇曳着灯光的时候，我才如梦初醒。我索然无味地呆立了一阵子，终于迈动沉重的双脚，向我的家走去。

一转眼，麦收时节到了。

这是段忙碌的日子。家家户户的主要劳动力都得手挥镰刀，汗如雨下地下田收割；而女人和老人则要在家忙着烧水做饭、清理晒场、修理农具，搞好后勤。每一个人都忙得不行，时间是不等人的，迎接商队可以说是一年中的头等大事。然而我爱这段日子，爱这种充实的劳累以及期盼商队的兴奋。

商队的到来，带来了我们所缺乏的盐、油料、洗涤用品、布匹之类的必需品，还有许多构思精巧、可以帮我们在生活中投机取巧但并非必需的奢侈品，同时，也带来了一个惊人的坏消息：北方的“黑鹰”部落由于今年遭遇罕见的旱灾，整个部落有组织地集体南下，准备以劫掠农庄和城邦来渡过难关。他们已经荡平了两个村庄，初步实现了自己的愿望……像这样红了眼豁出去的流浪部落，即使是强大的城邦也惹不起，他们就像瘟疫一样，谁碰上谁倒霉。

然而令我们吃惊的是，商队明确无误地告诉我们，这个黑鹰部落对我们这个小镇兴趣最浓厚！

同样令我吃惊的是，镇上的长辈们似乎对这个消息无动于衷，依旧若无其事地干活、吃饭，和商人们砍价、交易。我知道他们见过更大的场面，但是我没有。我想象着漫山遍野饥饿的人群冲过来的场面，心里直打鼓。

这支商队走后，一直没有新的商队到来。小镇在平静安闲之中打发了十二天的时间。这期间人们不快不慢地各忙各的，似乎完全忘了有可能逼近的危险。镇长甚至举办了两次歌舞会，像往常那样用娱乐来调剂小镇单调的生活气氛。这两次集会我都去了，依然在震撼人心的歌声中尽情享受着生存的幸福。但是到会的年轻人明显减少了，水晶也没有露面。对我而言，舞会上没有水晶，气氛就平淡了许多。

第十三天，随着初升的朝阳，远方的地平线上出现了黑压压的人影。

不一会儿居民区的街道上就站满了人，翘首等待着塔上拥有望远镜的观察员通过广播传达的观察结果。

随着黑鹰部落一步步逼近，有关它的基本情况也逐渐清晰了：这个部落有二万六七千人，最前方是约一千名壮年男子，均全副武装；中间是由牲畜或人力拉拽的辎重车辆和妇女儿童以及部落主力武装；最后又是一千名武装男子。以他们的前进速度，下午四点左右即可抵达生死线。值得注意的是，这个部落里老年人不多，看来他们已经妥善处理了这些“拖后腿的包袱”……

镇长的命令下来了：全镇成年男子全部自备武器前往各家的果林区，组成最后一道防线，以防万一。

上午的剩余时间里，我和父亲在家中仔细擦拭我们家的那两支猎枪上的黄油。

黄澄澄、胖乎乎的子弹油腻腻的，给我的感觉很陌生。因为我这辈子只打过三发子弹，而且还是父亲装填好了的。枪在我们这儿的用途只是打打鸟雀和小兽，再不就是用来作为与商队交易时的公平保证，能派上用场的机会不多。

父亲擦枪时沉默不语，我从他的眼中看出他并无恐惧之情，而是心中另有什么复杂的感情。我想问问他，却又不知该从何说起，遂作罢。

母亲则在忙碌地为我们制备干粮和饮水。她在竹篮里放了果干、咸肉、奶酪、熟鸡蛋，水罐里也撒进了薄荷，父亲的酒壶里装上了最醇厚的陈酒。在她看来，我们好像只是去野餐。

准备停当，我和父亲背上猎枪和子弹袋，他提着酒壶、水罐、食品篮，我背上卧具，向果树林子走去。

这真是热闹非凡的一天。阳光明媚和煦，街上到处是身背猎枪、手提食品的男人，家家户户的厨房都冒出腾腾热气，孩子们爬上自家楼房的天台，一边咬着蘸了蜂蜜的麦糕，一边好奇地望着远方模模糊糊的人群。小镇的空气中弥漫着过节一般的气息。天哪，我喜欢这热闹的场面和这种节日般的气氛。

从下午四点开始，黑鹰部落的成员们渐次抵达生死线，有条不紊地在那里扎下营来。

黄昏时分，一道道炊烟从对面的营地里升起，在天边鲜艳的晚霞映照下，这道景致竟是那么动人。我怔怔地凝视着这画一般的美景，一时间竟忘乎所以，只觉得仅一刹那的工夫，天色就暗淡下来了……

寒森森的月亮升起来了，猎枪在我的怀里散发着寒气。今天我所见到的景象已烙在了我的脑海中，我爱今天小镇节日般的气氛，也爱傍晚时分在夕阳金色光辉映照下被如雾的炊烟笼罩着的部落人群，美使我分外留恋生命，而害怕死亡。我不能理解即将发生的冲突的必要性，我不明白黑鹰部落为什么要来进攻我们。依水晶的说法，我们与他们唯一的不同，就是我们不必进化而他们仍在进化……进化究竟是一种什么样的感受？

一连串的爆炸骤然响起，明亮的绿色死光划破夜空连续闪现！我头皮一炸，神经质一般地甩掉羊皮毯跳了起来，端起猎枪紧张地扫视着四周。但月光笼罩的大地一片寂静，什么也看不清，除了残留在视网膜上的死光的余韵。

“怎么回事？”父亲略带紧张的声音从我的身后传来，他也被惊醒了。

“没什么，高塔发射了几道死光，除此以外看不见什么动静。”我故作镇定地说，竭力克制着由刚才的惊悸造成的颤抖。我现在已经是个成年男人了，得像个样子，我不想永远做个孩子。

“喔，他们想趁夜暗摸进来……这可大大地失算了。高塔夜里照样看得见，白赔几条人命罢了……”父亲一边说，一边重新躺了下去，不一会又睡着了。

我深知他此言不差。若没人进来的话，高塔绝对不会发射，而高塔从来都是百发百中的，生死线之内现在肯定躺着不少尸体。

下半夜和父亲换班之后，我很困，再加上高塔大大增强了我的安全感，我很快就沉入了梦乡。

天亮后，母亲送来了早饭，看着我狼吞虎咽的样子，慈祥的爱意充满了她的双眼。母亲的关怀和热乎乎的麦糕令我分外留恋平常的普通日子，我真希望昨晚那几个送死的人能令黑鹰部落认清现实，从此知难而退，这样那些人也算没白死。

然而他们显然有不同的看法，九点钟的时候他们开始了新的行动。他们居然将一门长身管的火炮推到了生死线的边缘上，炮口指向高塔。我通过图书馆的书对这种凶器有过初步的了解，而我们高塔上的那门电磁大炮在驱散冰雹云时的精彩表演更使我对这种武器的可怕威力有了直观的认识。我知道这东西发作时声如雷鸣，弹着处贯壁毁楼，破坏力极大。真不知他们是从哪里弄来了这种野蛮的物什。

正惊异间，只见那门大炮的炮口火光一闪！

几乎就在同时，一道绿光也在空中闪现了一下。

于是有什么东西在空中猛然爆炸了！

弹片噼里啪啦地打在收割后的田里，溅得尘泥飞散，那情景犹如雨点打在小河河面上。过了一会儿，爆炸声传来，虽然声音已不算震耳了，但其凶猛的气势未减，仍能向我们展示着暴力的可怕。

紧跟着死光射出，火炮那儿立时腾起几股白烟。向小镇抛射高塔认为其速度超过安全标准的物体也违犯了高塔的安全原则，高塔可以采取措施消除危险源。

此后那门火炮再也没有发射，极可能再也无法发作了。

直到天黑，黑鹰部落也没什么新的动作。高塔连他们这样的王牌手段都轻易化解了，可能他们已无计可施了。

连续三天，黑鹰部落毫无动静地待在那儿。他们并不想法进攻，但也不走，不知他们还想干些什么。

第四天中午，高塔上的那一门电磁大炮突然发作了！

炮弹打在生死线之内，着地时并没有爆炸，而是深深地扎入了地下，片刻之后，爆炸才发生。那场面犹如火山爆发一般，黑色的烟尘和着泥土腾起三四十米高，煞是吓人。

“原来他们想挖地道从地下钻进来。”父亲望着正在散去的烟尘说，“这没用，躲不过高塔的眼睛，以前早就有人试过了。”

“如果加大地道的深度呢？再挖深些也许就行了，我不相信高塔的眼力没个止境。”我说。

“这是不可能的。小镇的地下水脉纵横，加大深度极易造成塌方。这镇子从地下是无法被攻破的，淹不死、压不死的除外。”父亲说。

我默然望着尚在冒烟的爆炸点，心想不知又有多少人断送了性命。

接二连三的失败并未令黑鹰部落死心。翌日清晨，他们又亮出了新招数。

这一回他们挑出了一百个成员，让他们一字排开，列在生死线旁。

不久观察哨报告说那一百人全是老人。

父亲神色凝重，一言不发地掏出了祖父传下来的机械怀表，紧张地望着那些人。

猛可地，一个骑着马的人将手中的步枪朝天一举，喷出一股白烟，那一百人竟然立刻冲过生死线狂奔起来！

绿色的死光冷静地连续闪烁，奔跑中的人一个又一个倒下去。他们死了。这是我第一次亲眼看见活人被剥夺生命。我感到寒冷。我克制着不让自己颤抖。可其余还活着的人仿佛没有看见一般只管埋头狂奔，似乎他们有绝对的把握可以冲入居住区似的。

然而事实证明他们纯粹是在自杀。他们一个不漏地全被死光放倒在了地上。

“二十五秒。”父亲合上怀表盖，轻声说。他脸色苍白。

“他们这么干是什么意思？纯粹送死嘛。”我不解地问。

“他们想弄清高塔杀人的速度有多快……”父亲双眼直勾勾地望着已经空无一人的麦田回答，“但愿他们不要……但愿……”他喃喃地说。

我低头盘算着。杀一百人要二十五秒，一秒钟是四个人，从生死线到果林不足四千米，一个人跑步大约只需要十七八分钟，就算二十分钟吧，二十分钟是一千二百秒，这期间高塔只能杀死四千八百人，算五千人吧，也还不及他们整个部落人数的零头……我的脸也白了。

空气骤然紧张了起来，人们不安地张望着，双手不离自己的猎枪或者砍刀。

对面的黑鹰部落也蠕动不已，人员调动频繁，明显是大行动的征兆。

下午四点，灾难降临了！

随着一阵海啸般的呼喊，早已集结好了的人群向我们小镇发起了冲击！洪水般的人浪沿着地面席卷过来，竟如排山倒海一般，令人毛发倒竖！

不过高塔显然对此无动于衷，绿色的死光准时闪现了起来。令我意外的是，好几道死光竟是同时闪现的，高塔在四面开火——原来它的火力发射点不止一个!

狂奔中的人们如同镰刀下的麦子一般连连倒下。冲在最前面的是妇女以及仅存的一些老人，他们的使命就是死，部落用他们来吸引高塔的火力，争取时间。在他们的后面，才是主力壮年男子。

他们的打算无可指责，就战术来说确实是明智之举，但是，不幸的是他们在战略上彻底错了，实在不应该进攻我们。因为高塔现在不仅在四面开火，而且它的杀人速度远不止一秒钟四个人，已经达到了大约一秒钟十个人，并且还在逐渐提高效率。看来高塔是具有分析判断能力的，可以视情况决定自己的行动。而那些人却不知道这一点。太可怕了！现在一切都无可挽回了，大错已经铸成!

高塔的杀人速度现在已提高到了每秒三十人左右，密集的死光犹如一张绿色的大网，罩在小镇的上空。

看似不可一世的人浪此刻如同撞上了礁石，人的生命的脆弱现在暴露无遗：三十分之一秒而已。似乎还嫌火力不足，那一门电磁大炮也加入了杀人的行列。它一炮又一炮地打在人群的纵深处，帮助减轻压力。炮弹在离地面十来米的空中爆炸，以达到最佳杀伤效率，用飞射的弹片将大片的人如割草般砍倒。我能看见翻滚着飞向天空的头颅和手臂……

疾风暴雨般的死亡以前所未有的力度冲击着我。我仿佛遭到了严冬酷寒的突然袭击，身体、灵魂、思维一起被冻住了，以致我做不出任何反应，因而也没有任何感觉。

令人不可思议的是，明明已经没有了冲进居民区的任何希望，他们却仍然疯狂地继续冲击着。人浪缓慢地向镇里流动，但不等冲到一半的距离，这人浪的能量就将笃定耗光。这些人此刻似乎丧失了正常的分析判断能力，而完全被一种莫名的力量所控制，令他们对死亡麻木不仁、无动于衷。但在高塔的面前，这种顽强也是没有意义的。只见绿光闪处，死者堆积，黑鹰部落的身躯急剧缩小……

终于有人开始恢复自我意识，感觉到了恐惧，开始转身向外面跑。但在跑出生死线之前，往前冲和往后退并没有什么不同。

我扭头望向父亲的脸，想了解此刻别人的感受。我看见父亲的脸色苍白得像天上的云朵，但他的耳朵奇怪地变得通红，似乎血都流向了双耳。

恐惧终于彻底感染了所有的入侵者，人浪的彻底大退潮开始了。但高塔似乎并不打算降低效率。人们依旧在成片地倒下，只是电磁大炮安静了下来。

这时我有感觉了。这是一种非常奇怪的感觉，它既像是令我直欲燃烧的火热，又像是将我冻彻骨髓的酷寒，总之难受得厉害，简直无法忍受。

等到高塔的死光发射频率开始下降之时，生死线之内的人影已经稀稀落落了。

逃得了性命的人木然地站在生死线边缘，一动不动地看着自己的同胞哭喊着奔跑或倒下。他们没法帮助线内的人。

当生死线之内的最后一个人倒下之后，死一般的沉寂降临大地，我们和外面的幸存者都陷入了凝滞状态。空气中飘荡着空气电离之后的辛辣味道。

隐隐地，我听见了一种微弱的声音，它细若游丝，却又令人不能忽略其存在。

终于，我听清楚了，那是哭声，是从外面传来的幸存者们的哭声。那哭声分外悲切，我从中听出了生还者对死者的哀悼，还有对自己的怜悯。

他们今后的命运凶多吉少。这个部落中最强壮有力的部分死去了，女人也差不多全死了，只剩下了一些儿童和少年。事实上这个部落已经灭亡了。

哭声在天地之间缓缓飘荡，但在广漠的世界中显得那么微弱……

一切都已结束，但是人们都没有离开果林。吃完晚饭后，人们仍然露宿在这儿。

我像前几天一样守上半夜。

怀抱猎枪、身披皮毯的我，疲惫地坐在地上，完全不想动弹一下。我实在不明白我为什么感到这么累。

我倚靠着一棵果树，偏着头用脸颊贴着冰凉的枪管，一动不动地木然凝视着这个已被黑暗笼罩的世界。

今天所发生的一切简直就是一场噩梦！可怕的现实使我终于无比深切、无比形象地领教了外面世界那残酷的、以邻为壑的生存原则，领教到了他们相互争斗伤害的激烈程度，今天我终于看清了这样一个……真实的世界。这个真实的世界使我彻底明白了进化的重负的分量：它竟能迫使一个极为强悍的群体不惜以全族灭亡为赌注，甘愿忍受巨大的牺牲也要尝试卸下！黑鹰部落绝不是为了我们仓库中的麦子才不顾一切地向我们一再进攻的，若需要足够的粮食，只要多抢几个弱小部落就可以了。他们的真正意图是要夺取我们的这座独一无二的小镇，夺取我们的高塔，卸下肩头沉重的进化的重负，拥有一种轻松幸福的生活。这就证实了我一直以来对进化的猜测：绝不存在令人心旷神怡的进化！有进化就会有艰辛！因为进化是一种动态的过程，只要进化存在，世界就一定会不停顿地运动、不停顿地改变，和谐与平衡因此根本无法长存。哦，众生求有常而世界本无常，就是这一矛盾决定了人生的苦涩与艰辛，决定了进化的沉重。世界啊，你为什么非执意要进化不息呢？我们人类为什么这么命苦啊！进化为什么非要是一种压迫我们的异己力量呢？进化有尽头吗？进化的尽头会是什么呢？……我仰起头凝视着天顶的一轮明月，只见苍白的月光映出了云层的轮廓，天穹显得寥廓而神秘。我心灵一颤，一丝凄然、一丝悲哀漾上心头。我想哭，但我不知道这泪究竟该为谁而流。

第二天清晨太阳升起之时，我们发现黑鹰部落的幸存者们已全部消失了。他们在昨天夜里悄然离去，走向了虎视眈眈的未来。他们甚至连亲人的尸体也没法取回。

于是我们帮他们承担了义务。在镇长的安排下，一部分壮年男子回家取来农具到镇子的闲置地上去挖坑，其余人负责搬运尸体。我们必须尽快处理掉遍布麦田的尸体，以免发生瘟疫。

男人们每两人抬一具尸体开始向闲置地搬运。人人脸上都漠无表情，看不到恐惧，看不到悲伤，每个人都只是埋头干活。但是我知道这冷漠的表情下是颤抖的心，父亲那痛苦的表情就是证明。现在我知道长辈们为什么谁也没有出去的原因了，可以想象他们之中肯定也有人向往过外面的世界，进化的诱饵肯定也强烈地吸引过他们，然而后来他们肯定都认识到了进化的沉重与艰辛，因而都死心塌地安下心来。喂，望月，你小子认识到这些了吗？你为了获取权力而不负责任地狂热鼓动大家出去，可那么强悍的黑鹰部落都渴望卸下进化的重担，你们这把嫩骨头承受得了吗？我四处寻找着望月，因为我知道他不比我笨，我所悟出的一切他肯定也悟出了，事实是最好的论据。我想看看此刻他的脸色，我非看不可，不然不解恨。

很快我就看见了望月，他也发现了我。我挑衅地望着他，我们的目光交汇了一秒钟，他就低下头走开了。看着他，我想大声冷笑，但终于没有笑出来。

麦地里的死者太多了，简直形成了一个外径约五千米、内径约三千米的由尸体组成的环！即使是猪或牛的尸体，达到这个程度，我看那也是相当可怕的。恐怖压得我们几乎无法呼吸，那场面我终生难忘！

为了赶时间，我们将儿童的尸体都投入了河里，让它们顺流漂下去了。看着一具具小小的尸体慢慢消失在远方，许多人和我一样在擦汗的同时抹去泪水。

我们终于赶在尸体开始腐烂之前将它们处理完毕。当最后一锹土投出之后，小镇又恢复了原来的生活节奏，就好像被巨石掀起的波澜已然平复的河流，又开始像以往一样平缓地流动。

但是我敏锐地感觉到，镇上的一切都与原先有了少许但无法忽略的不同。就在不久前的某一天，我曾轻易感受到了生活的美好和温馨，那一刻，节日般的气氛令人心跳，音乐撼人心魄，麦酒香气醉人，孩子们天真可爱……一切都很美。但是现在，我干活、唱歌、散步时，再也没什么感觉了，劳动不再乐在其中，歌曲虽仍悦耳，却再也没有了往常那种让我身心俱为之颤抖、令我直想大声呐喊的力量，我的心变得对一切都无动于衷了，似乎有什么东西从空气中消失了，永远地消失了……

此后不久，我发现了镇上生活的一个最显著的变化，那就是望月的演讲会再也没有举办过。这一场大屠杀干净利落地击碎了年轻人不切实际的幻想，我们又一次开始重复三百多年来一直在这镇上反复重复的人生轨迹，自觉而主动地维持小镇的和谐与平衡。从今以后，我们这辈子最高的使命就是娶或嫁一个自己喜爱、长辈也能接受的妻子或丈夫，再生一到两个孩子（不可以再多了），并将他们抚养成人，要他们重复我们的生活……这没什么不好，生活这东西就该是这样的。我决定过一阵子重新去试探一下水晶的态度，我也该结婚了。

然而出乎意料的是，没过多久的一天中午，水晶主动来找我了。她站在屋外耀眼的阳光中，我看不清她的表情，但不知为什么，我竟有些害怕靠近她。尽管有大厅的阴暗作保护，我仍感到了凌厉锐气的逼迫。

她约我下午五点钟到镇西的“兔窝”去，说有话要对我说。我自然求之不得。“兔窝”就在镇西离生死线不远的闲置地上，因三年前望月他们成功地对一群刚搬迁到此的野兔进行了一场种族灭绝行动而得名。

她消失在明媚的阳光之中时，我的心忽地抽动起来。

当天下午，我一直心神不宁，干什么都安不下心来。

下午四点刚过，我便忍不住向镇西走去。

令我意外的是，一出果树林子我就看见不远处望月也在向西走，方向也是“兔窝”。不快的感觉立刻在我的心中产生，我不明白水晶为什么还要约上这个人。我放慢了脚步，与望月保持着一定的距离。我不想和他说话。

我看见水晶了，她站在前方的草地上，望着我们，长长的头发和她连衣裙的下摆在风中飘动。我们向她接近着。

随着距离的拉近，一种感觉从我心底悄然升起，它驱动着我的心快速跳动起来。我的脚步越来越快。望月也走得更快了。

望月终于跑了起来，我也撒开了两腿。而我的心跳得比脚步还快。

当我们停下脚步之后，我和望月都呆立着不动了。我们好久也没有发出一点声音，因为我们不知道该说些什么，一切都无法挽回了：水晶此刻已站在了生死线之外！

“我决定了。”她微笑着对我们说。她居然笑了！

“你疯了！”我大吼道，“你疯了！你知道你干了什么？！”

“也许能想个办法……”望月喃喃地说。

“还有啥办法！”我凶狠地吼叫着打断了他，自从上次见面对视之后，我就再没把这个人放在眼里，“谁能有这个手段？你给我闭嘴！”然后我将脸转向水晶，继续冲她喷吐怒火，“你脑子出了什么毛病？该死！这不是儿戏！”

“我全都想明白了，”水晶仿佛全然没有听见我的怒吼，抬手一指高塔，语调平静地说，“是它封闭了小镇。我们这个镇子是个完全自我封闭的存在，它利用高塔来与整个世界隔绝开，用自我封闭来逃避进化，消除不安和恐惧。这就是真相。”

停顿了一会儿，她继续说道：“从表面上看，这个镇子可以说是很理想、很完美的，它里面没有争夺、没有仇恨、没有暴力、没有侵略、没有欺诈、没有难填之欲壑。但是，在得到这些东西的同时，我们也就失去了另一些东西，那就是未来和希望，还有存在的意义，甚至还有……幸福。在这个地方，我们活着只意味着不死，仅此而已，其余什么都没有……这个世界是为参与进化的人而设计的。我们与世界隔绝，世界也就抛弃了我们。在这镇子里，我们的生命形同一堆堆石块……这样的生活有何幸福可言？有什么值得留恋的地方？”

水晶的慷慨陈词，猛烈地震动了我的心，我的思维以前所未有的速度飞转了起来。这时我终于彻底明白了镇上的年轻人何以会产生那种候鸟迁飞般的、向往外部世界的不安定情绪了，是因为人的体内天生就有追求进化的本能！这一刹那我豁然开朗：进化的真正动力，乃是人们心中的欲望与理想！这就是世界何以进化的原因！

“我们总是需要一个开始的……”水晶又开口了，这时她的气色平静了许多，“那么就让这开始从我这儿开始吧……人总有一死，为什么要让自己宝贵的生命成为一种虚假的生命？……并且逃避进化于这个世界也不公平。我们推掉了进化的责任，世界的进化动力就因此减弱了一些，因而我们人类到达那个我们为之无限向往的目的地的时间就要推迟一些了。这不是可以视若无睹的无关紧要的事，这是使命！进化是生命的使命！屈服于恐惧而逃避责任、逃避使命是可耻的！非常非常可耻……”热情在她的眼中燃烧闪烁，她的双眼在这苍茫暮色之中分外醒目，“你们和我一起出来吧！怎么样？望月，你不是从小就期盼走出来吗？这么多年你不是一直在为出来做准备吗？现在，行动吧……”她一边说，一边将她那灼人的目光射向望月。

她没有首先将目光投向我，这一点刺疼了我的心。但令我宽慰的是，我看见望月的眼中闪现出惊恐的神色，他不由自主地向后略微退了一步。虽然只是极小的一步，却使失望无可遏制地浮上了水晶的面庞。她的目光开始向我移来，我感到心脏里的血液开始向大脑涌升。“你呢？阿梓。你不是说你爱我吗？你说过为我干什么都行的……”她望着我轻声说。

一刹那，我只觉得我的大脑被她的目光轰的一声融化掉了，我全身热血沸腾，身不由已地向前迈了一步。

然而，一个念头宛如炮弹在我的脑中炸响，我猛然惊醒！不！我不能再往前走了！一旦跨过了那道一米宽的生死线，进化的重负便会如冰山一般劈头盖脸地压在我的身上。我认为我将不堪重负。看着水晶那映照着夕阳余晖的、微笑的面庞，我突然明白了我和她的分别：我们的不同之处就在于气质的浪漫程度。我天生就是一个农夫，真正关心的只有庄稼、农活、收成以及日常生活，别的我很少主动去关心。而她天生就是个气质极为浪漫的人，她从小就能感受到这个世界中我们难以感受到的成分，她思考我们无法独自理解的问题，她追求我们视若水中之月的东西……正是她的这种浪漫情怀最终驱使她走出了这个镇子，做出了前无古人的壮举……而我深深爱着的恰恰是她这独一无二的浪漫……我突然意识到，我之所以

那么强烈地爱着水晶，实际是源于我对未来、对希望、对生命意义的渴望与憧憬！这种渴望与憧憬虽然从小就被排挤、被压抑，但它以另一种形式，以对充满人生活力的女孩的爱恋的方式，顽强地存活了下来。人都有进化的本能，实际上我也在追求我心中所缺失的那一切成分，我实际是在爱着希望、未来和完整的人生啊！只是我一直没有意识到……

我当然有机会改变这一现实，只需要前进一米即可。前进了这一米，我就能获得我渴求了好些年的爱，就能拥有一个完整的真实的人生，我的一生就将发生彻底的改变……这一步将是我人生的转折点。但我的双腿此刻如同铸在了地上一般无法动弹，恐惧将我死死按在原地。

终于，她转身走了。在失去了太阳后正在逐渐向黑夜转换的天空下，她离开了我们，离开了这个小镇，用她那柔弱的双肩承担着进化的重担，远去了……她一边走，还一边回望我们。一时间我感到难过得直想放声哭泣，但眼眶中怎么也流不出泪水。我双膝一软，跪在地上，痛彻肺腑地将双手十指深深地插入了泥土之中……

# 来看天堂

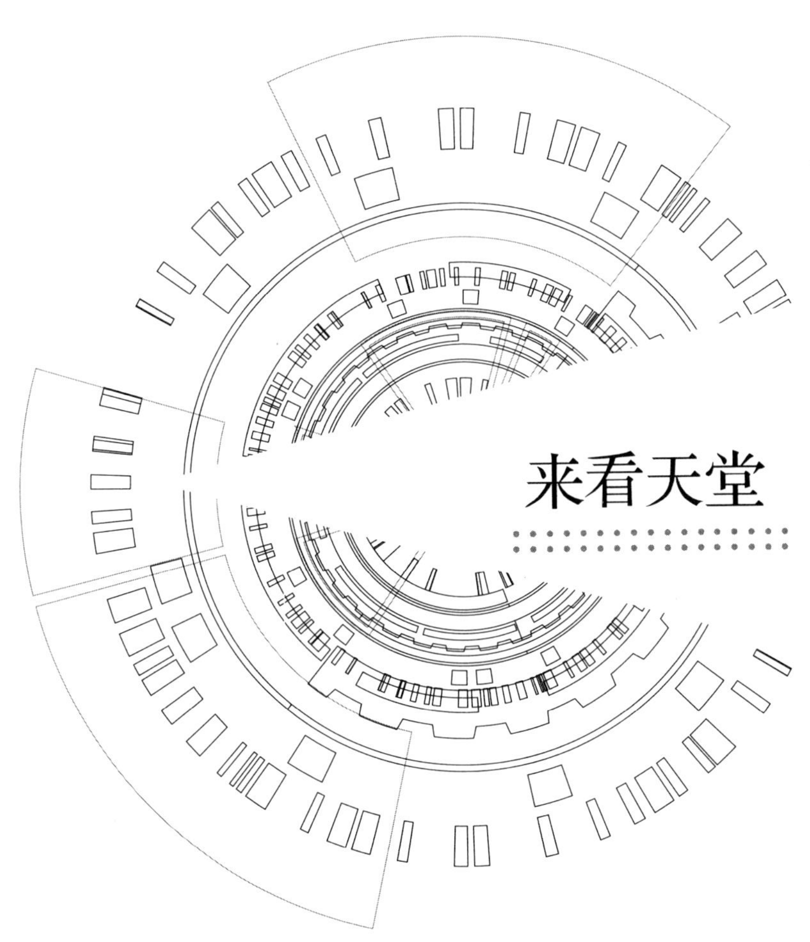

血红的太阳无可挽回地一点点向着地平线坠落，就仿佛它无法抗拒地球的引力一般。光明也跟随着它一点点离我而去。而黑暗则如同地下水一样悄无声息但势不可当地从地层深处涌出，开始淹没这个天堂。

街上的路灯还没有亮，下面的街景就已看不清了，于是我将目光移向了空中，追捕大气中残存的光粒子，徒然地尝试逃避必然到来的黑夜。

我所居住的楼层实在不低，所以视野还算开阔，目光可以从如林的高楼间挤过去，观看到日落的全过程。这使得观看日落成了我人生的一项重要内容，我已经在这个窗口、这个角度观看了好多年日落了，但不明白我怎么总是看不厌。

“皮特，要开灯吗？”柔美的声音犹如温泉一般淌入我的耳中，我的听觉神经因之产生了一阵愉快的共振，情绪也不由得向良性方向靠近了一点。那是伊琳，我的天使。她的声音真是太好听了，一年前我还以为珍妮的声音是世界上最好听的呢……

我完全可以不必回答的，因为她知道我一向的选择，她这样问我只是为了表达对我的关心和爱意，这是她的使命，不然她就没有存在的必要了。虽然如此，我还是像从前一样不由自主地用我最温柔的声调回答：“不用，亲爱的，不用开灯，我想就这么再坐会儿。”她的声音总是能激起我的爱意，而我的声音于她如何呢？我一直不得而知。

屋子里已经暗到让我眯起双眼才能勉强看清室内陈设的地步，对面大楼的众多窗口大多已被灯光填满，可我仍然不想开灯。因为我总觉得一开灯世界就仿佛缩小成只有这么两间斗室似的，而窗外则是宇宙的尽头，无意义的虚无……这种感觉令我害怕。

所以我一向不开灯，毫不设防地任凭外界的一切光芒涌进我这狭小的蜗牛壳。不论什么光，月光也好，居室照明灯光也好，云层反射的全息广告影像也好，高楼之顶的装饰灯光也好，都来者不拒。只有这样，我才能获得世界尚且存在的感觉。

伊琳在厨房忙碌的声音传入我的耳中。对她而言，黑夜与白天没有多大区别。凭着那双微光夜视眼，你把她扔在芬兰的荒原上，她也能顺利应付那六个月的黑暗。

紧接着饭菜的香味轻轻飘了过来。一时间我体内的电化学反应又有些不平衡了。说不清为什么，反正我在苍茫的暮色之中一闻到饭菜尚未做熟的香味，心绪就莫名其妙地激动起来，就好像小时候常去的那个幻想世界的影子依稀重现一般。也许这种香味就是生活本身的气息吧。所以我从来不吃那种统一定制的快餐，而要伊琳给我做饭，尽管这给我增添了一笔额外的开支，占用了我不少的政府年度福利补贴。

“皮特，吃饭吧，菜凉了再热就不好吃了呀。”伊琳轻盈地走到我的身边，将她那温软的小手放在我的肩上，用她那对我而言富有魔力的柔美声音对我说。

三秒钟后，我顺从地站了起来。夕阳终将落山，逝去的时光已永远不会回来了，我总不能在此永远坐下去吧。伊琳打开了灯。

饭菜和往常一样可口……不，应该说是胜过往常。看来伊琳已尽了最大的努力，显然动用了她在烹饪方面的全部潜力。她知道明天对我有多么重要。

我吃饭时，伊琳的嘴也没闲着。她用不着吃饭，不然我还真有点负担不起。她在陪着我。她表情丰富地用她那好听的嗓音给我讲述各种各样的信息，大至太阳系的最新变化，小至社区居民的鸡毛蒜皮，无奇不有。她们每天只需抽出几分钟从网上吸取信息，就足够陪我们聊上一天了，不管我们何时有兴致，她们随时可以奉陪。她们就是这样竭力为我们编织生活的幻象。

我心不在焉地似听非听，时而不置可否地说一声“唔”，最多回一句“是吗”。那些信息与我并没有多大关系，虽然伊琳尽可能地挑发生在我附近的事来讲，可对我而言，它们与发生在火星上的事又有何不同呢？那些信息中不乏奇妙之事，它们编织出了一幅看上去五彩缤纷的图画，但并不能真正吸引我，这并不是生活，这我知道。

突然，我发觉伊琳动听的声音消失了。我有些愕然地抬起头，看见她目不转睛地注视着我，水汪汪的大眼睛里失望、不解和伤心的神色在荡漾闪烁。“皮特，你怎么啦？我做的饭不好吃吗？”她声音发颤，听上去真有点像风铃的声音。

“没有啊……你做得比以前更好吃。”我如实回答。事实确实如此。

“那你为什么不高兴？肯定是我做错了什么……”她的眼中流露出哀怨之色。

凭以往的经验，我知道自己得配合她，不要自找烦恼。顺着她的引导往下走，我的情绪一定能向着良性方向发展。她就有这本事，现在我如果没有她，都不知道该怎么调整自己的情绪和心态了。

于是我顺着她往下走。“不，你没有做错什么。是我，我明天……”我欲言又止。

“不会有事的。”她认真地说，“我相信你一定可以通过测试的，一定！我相信……”这时她的双眼垂了下去，似乎有什么很沉重的东西压在了她的……中枢电脑上。

我知道那是什么东西。我认真地盯着她看。她这时的样子真是楚楚可怜。我突然很可怜她，心中清晰地感觉到一股发热的液体在涌动。于是我伸出双手握住了她温软的右手。

这时她的手在颤抖，我的心也在颤抖，我们不说话，但心在交流，至少我感觉在交流。她总是能有效地调动我心中连我自己也不能自如运用的情感，总是能将我一潭死水般的心灵掀起波澜，就好像永动机模型背后的那只看不见的手一样。我的心因而被不断地注入了活力，没有归于死寂的怀抱。究竟是什么在起作用呢？我不知道。

眼下我心中的情感浪潮越来越猛烈。我有些吃惊，今天确实与往日不同。我的双手越来越用力，火热的情感使我不能再沉默下去了。“你不要担心。”我对她说，“如果我通过了，我就有机会变得很有钱，而我有钱后的第一件事，就是买下你的所有权，这样谁也不能让你离开我了。”我凑近她的脸，望着她的眼睛轻声说，“相信我。”

她的手指在我的脸上缓缓游动，我只觉得她的手指比嘴唇还要柔软。少顷她轻轻依入我的怀抱，却什么也不说。难道她真的被我的誓言感动了？我心中感到一阵尖锐的刺痛。她是世界上最单纯的存在，我要她相信我，她就一定会相信的，可我却不能相信我自己……

她柔软温暖且在微微颤抖的身体令我想起了小时候与我相伴了两年的那只小猫。我是那么爱它，可我最终失去了它，从此我不再相信任何我所爱的东西能永远为我所拥有。我下意识地搂紧了怀中的她。

“皮特，”她在我耳边轻声说，“等你……老了的时候，我也要永久性地切断我的电源，陪着你走……”

我觉得我的心脏里正在发生着剧烈的化学反应，我不知道那些情感具体都有些什么成分，反正它们之间的反应释放出了可怕的高热，令我五内俱焚。我用脸颊使劲摩擦着她的长发，克制着不让自己哭泣。

她那姣好的鼻尖在我的耳下探来探去，轻轻地吻着我的脖颈。真是恰到好处。我现在正需要这个。她总是能非常及时地提供我所需要的东西。这正是她们美妙的地方，也是她们存在的理由。

这一次伊琳的动作非常轻缓、非常温柔，但其中充盈着近乎激情般的、高度浓缩的柔情蜜意，如同一台高级吸尘器一般，将我体内的一切妨碍我情绪良性发展的不利因素统统吸吮掉了。黑暗中，在从窗口飘进来的稀薄的人间光芒下，我安静地躺着，任凭她一点点地掏空我的身体和心灵，将我引入一个没有烦恼、没有忧愁、没有苦闷的极乐温泉，摇起层层柔波细浪抚慰我的身心，给予我置身天国的感觉，将我推上欢愉的顶点。然后她又恰如其分地逐步收敛，小心翼翼地将安宁送还给我，丝毫未触动、损伤她刚刚在我身上达成的理想效果。

她是怎么知道我的各种需要，又是怎么恰如其分地把握的呢？我对她体内的复杂结构一无所知，而我这辈子恐怕也不可能了解了，她复杂到根本不需要我了解的地步。她用不着我去适应，她就像烟，她就像水，可以任意包容我，从容地将我引导到至少心平气和的状态。

眼下我就进入了这种状态，心中一片宁静清明，没有了烦恼和杂念。这正是我目前必须达到的状态，她真好。尽管她根本不需要睡眠，但她还是在我的怀里甜甜地睡着。怀抱着熟睡的她实在惬意。她香甜的呼吸使我的脸颊变得温暖而湿润，我全身酥软，意识就在这有节奏的催眠曲中不知不觉地被温润的睡意淹没了……

清晨的阳光显得比往日更为明媚，从窗口射进来的阳光将室内的一切都罩上了一层光晕，就好像太阳的聚变速度一夜之间加快了似的，空气似乎都因此变得热乎乎的了。这是我所发现的外部世界的变化。

而我自己身体的变化也不小。伊琳做的早餐绝对是上乘之作，但我的胃里几乎什么也塞不进；我的腿部肌肉的张弛出现了障碍，搞得我迈步都很困难；呼吸也很不自然。我的心情在伊琳的帮助下好歹还算保持住了稳定，但我实在无法控制生理上的这些本能反应，即使出门前伊琳给予了我在人类的现实世界中几乎不可能存在的微笑和吻，也无能为力。

当公寓门合上时的轻微咔嚓声消失之际，我猛然感到心中一阵虚弱和恐慌涌起，在空荡荡的走廊里，我意识到自己是何等的孤弱无依。我倚在墙上，喘息着。也许应该让伊琳陪我去接受上帝的挑选，我对自己说。我想不到她对我竟这么重要，以至于离开她后我自己竟支持不住了……

然而最终我还是决定独自前往。她并不能帮助我成功通过测试，至多只能帮助我稳定情绪。可测试与情绪并没有什么关系。我努力理顺了呼吸，终于迈开了发僵的双腿。孤独的脚步声于是在走廊里响起。她帮不了我，谁也帮不了我……

从我所居住的楼层往下走一层就有空中巴士站，所以我就依靠此刻已不太灵便的双腿顺着楼梯走了下去，来到了颇似老式科幻片中的宇宙航天港船坞的巴士站。

亮暗分明的巴士站站台上已有五六个人等在那儿了，我在其中还发现了一个熟人，就是住在我楼上的莱切尔。

她也看见了我，随即向我投来一个甜美但并非完美无缺的微笑。和伊琳相处久了，我具备了可以轻易将人类女性的缺陷信手拈出的能力。我至今还没有遇见一个可以与伊琳相媲美的人类女性。莱切尔的鼻子有点欠完美，眼角也稍稍有点斜吊，个子也似乎高了一点，不过总体上来说仍不失为一个好看的女人。我和她是一年前在顶楼的大舞厅里相识的，总共有过三次同床云雨。总的来说我没有多大感觉，完全不能和同伊琳共枕时的感觉相提并论。和我睡过的人类女性没有一个能像伊琳那样随意摆布我的三魂七魄，轻易牵引我的心情到达理想之境界。

我们相距只有半米，所以相互打过招呼后，顺理成章地开始聊了起来。她显得有点拘谨，我的表现也不自然。不要太紧张，我对自己说。

没过一会儿，我们之间就又归于沉寂。我们彼此的人生皆空空如也，又能交换多少信息呢？她沉默地注视着我的脸，那目光似乎欲将我的头颅穿透一般。在我的印象中，她从未这样看过我，因此我颇有些诧异和不自在，她想要看见什么呢？我看到她的眸子如两泓秋水，但并非如伊琳那样澄明得令人不敢触及。我不知道她想对我说什么，但我知道她有话要说，这我看得出来。

巴士到了。

“快上去吧。”她握住我的手捏了捏，轻声说，“祝你好运，皮特。”我感觉到她的手在微微抖动。

在她从我的视野里消失之前，她一直在注视着我和这辆巴士。我认为她想要说的不是我所听到的话。她到底想说什么呢？我琢磨了十五秒钟，未得其解，就将其扔在一边不去想了。

她祝我好运……祝我什么好运？看来她知道此刻我将要去干什么。一丝不快涌上我的心头。接受测试在我们这儿是个忌讳，大家一般都回避此事，这女人……人的毛病就是多啊，伊琳就从不会让我产生不快的感觉。

窗外的景致在不断变换，我的肉体在林立的高楼间像飞鸟一般穿行，可我的思维却完全置身事外，毫不理会近百公里的时速。我在沉思着。

难道非这样不可吗？为什么每年都必须经历这么一天？这个问题的答案我知道，可我仍然要问。因为我的内心深处有一股怨气在冲撞，平常我可以忽视它的存在，但今天不行。除非今天我成功通过测试，这样的日子和已经延续了九年的空空如也的人生才会离我而去，我才能从天堂里走出去。

我一直生活在天堂之中。真的是天堂。我从未为社会创造过一丁点财富，也从未付出过劳动时间，可我从来衣食无虑，公寓虽小但还过得去，更重要的是我拥有极其美妙的伊琳……据我所知，从前人们坚信这样的生活只应天上有。

可如今世界上大多数人都在这么生活。我并非什么不凡之辈，所过的只是普通的生活。过去的人们总认为天堂不会降临人间，他们错了。任何社会都有弱势群体，事实上人类文明之所以能出现，在某种程度上就是得益于对弱势群体的剥削，那种时代弱势群体等同鱼肉，自然无人相信天堂的存在，强者弱者都不信。而我们的时代非常文明，它已进化到了不费多大力气便可令天堂为我们而降临人间。这也没什么奇怪的，人类手中掌握的资源多了而已，用在我们这些无所事事的弱势群体身上的资源已算不了什么了，并且文明的发展早已过了依赖剥削弱者的阶段——不过这也就是说经济的发展已不再需要弱势群体的存在。当然不能不理弱者的死活，人道主义是一方面，更大程度上仍是出于对利与弊的理性权衡：与其置之不理最终闹出事来，还不如供其生存无忧以保持社会稳定。于是天堂就这么出现了。由于天堂里流动的资源与能量只占人类手中的资源与能量总数微乎其微的一小部分，因而人类容忍了天堂的存在。从前的圣哲认定人之道与天道相悖。他们太悲观了。现在事实证明天人可以合一。现在损不足而奉有余已没有必要，损有余而补不足以保持社会稳定显得更加重要，因为这“有余”所被损的程度相对而言微乎其微。从前掌握生产资料者是消费者，这是个错误，现在改正了，有生产资料者才是生产者，没有它的人成了纯粹的消费者。这是个令人感动的世界。

不过现在与从前仍有相同之处，即社会的资源与能量仍都掌握在少数人的手里。天堂的外面，世界在疯狂地高速运转，人类之中最优秀的成员控制着绝大部分的资源与能量，忙得天旋地转。那个世界里的人们的思想与行为，非我辈所能想象，其生产和消费的含义与目的，也变得面目全非、匪夷所思。目前他们已在太阳系确立了某种秩序，而且仍在孜孜不倦地向整个宇宙推广这种秩序，世界因之变得日益莫名其妙。

很早以前人类中的一些成员就提出为了保持进化的势头，人必须在生理、智力等各方面都要更上一层楼。这个观点后来成为主流。人的素质确实有高下之分，这是真的，而且差异相当大，以至于后天的努力难以弥补。进化的本质就是去掉差的、留下好的，所以天堂里的人们已不再肩负进化的使命。是的，我们都已不再进化了，因为我们已被淘汰。我们都没有通过测试，因而被认为是不合格产品，没有资格支配资源与能量，没有资格承担进化的使命。他们说我们不能以最高效率运用资源与能量，因而不适合进入主流经济结构，为了以最快的速度进化，我们这样的人必须生活在天堂之中。于是我每天除了在窗口呆望日出日落，无其他事可做。其实这也不是什么新鲜事，从前人们以出身来决定由谁掌握社会主要资源，后来则进化为由手中的金钱数量来决定，现在则换成了由自身素质来决定，似乎是越来越进步了。下一步也许就是不用再决定了，不过那和我已没有什么关系了。我的生命只有一次，这我知道。

任何事情都要付出代价，天堂亦不例外。胜者得到一切，这一点仍与从前一样，不同之处只是败者不再失去一切。但败者所能保留的也不过只是生存的权利而已，失去的依然很多，据说不如此，人类便不能进步。天堂的创建者认为，天堂的存在有可能使人类进化的势头日益减弱，因为促进人类进化的压力在减小，一般说来优胜者与劣汰者之间的差别越大，压力也就越大，所以理所当然不能让天堂里的人们得到太多。首先，我们不能进入主流经济圈，不能工作，这是法律；其次，不能有孩子，以免传播不利基因，影响人类整体素质的提高，也免得增添新的受害者，这也是法律；再次，我们只能享受到部分公民权，只有选举权，没有被选举权；另外，不可以继承财产……这些都是法律。听起来似乎并非世界的末日，应该还有比这更糟糕的……

天堂里的人也有选择的余地。在天堂过腻了，你还有个去处——申请到纯太阳能农业保留地去。在那儿可以自食其力，但也仅限于此，而且将永远失去参加年度测试的资格，从而永远失去了走出天堂的最后一丝机会……

就是这样，世界已经进化成了如此这般的模样。进化这玩意儿又不能后退，所以回想从前没有半点意义。不知将来的人们怎么看待我们的时代，反正我无话可说。现在人类自己已经确认人只是物质世界中的一种物理现象，并没有什么了不得的特殊之处，人的存在应该无条件地为进化和发展服务。这种世界观是否正确、是否必要，可不是我说了算的事，人类的智慧和选择哪是我能说三道四的？所以我不说。

我很想在热乎乎的车座上坐得久一点，眼下我舒服得动都不想动一下，这种感觉平常可没有。但这空中巴士以很高的精确度准时到达了目的地，不早不晚。

看着大厦中部有如怪兽影片中巨兽的血盆大口般越变越大的巴士站，我清晰地感到我脑中的血压正越升越高。

参加这样的测试，个人的主观努力完全无济于事。不知不觉间，你已被测试完毕，被决定了是否能走出天堂。对系统表示怀疑也是毫无意义的事。它已进化了许多个年头，耗费了无数的资源与能量，目前虽不能说已经完美无缺，但也无懈可击了，人完全没有资格与它较劲。

踏上这座大厦的地板，我就感到双腿沉重，似乎这里并非地球的一部分。每天这里都有天堂的来客前来应试，试图走出伊甸园。有人成功了，但绝大多数人都不得不返回了天堂。今天轮到了我。

我吸了吸气，鼓起勇气向上帝走去。

现在我该上哪儿去呢？我倚靠着走廊的墙壁，茫然地想。这一想就是整整五分钟。其实这不能叫作想，因为我脑子里一片空白，就好像昏迷了似的。这样的状态我并不陌生，它在我生命中所占据的时间实在太多了，数不胜数……

后来我知道该上哪儿去了。我找到一处公用可视电话，给杰里米发送信息。

杰里米是我的哥哥，总共大我二十分钟，但从小很少有人会认错我们。他头一年就通过了测试，如今正在天堂的门外大展拳脚。鉴于我们之间的距离，我一般不和他来往，我已记不清上次和他通音信是多久以前的事了。但在这时，我太想和一个人谈谈话了，只有在这时候，伊琳才会显得无能为力。

我的信息顺利抵达了杰里米的眼前，这小子总算没有忘了我。

“皮特，怎么是你呀？需要什么帮助吗？”他脸色好不诧异，但惊讶根本没有让他多付出一点时间。

“没事，就是想到你那儿和你聊聊。”我知道他时间宝贵，所以也就开门见山。

“唔……等一会儿成吗？”他微皱了一下眉头说。

“可以，多久以后？”

“七十分钟吧，那会儿我有空。”

“就这么说定了。”我瞟了一眼头上的计时器。我还没有将目光收回来，显示屏就黑了。自从成年之后，他就一直这么行色匆匆。

小意思，七十分钟对我而言根本就不算个数。不过对他就不同了，七十分钟内他所动用的能量比我一年所动用的能量还要多得多。这就是我和他之间的区别。

天堂外面的世界变得越来越莫名其妙了。我站在杰里米办公室外的大厅里向窗外张望。许多建筑和设施我完全说不出是干什么用的。这时一丝悲戚一丝绝望涌上了心头：世界正离我越来越远，在我不知道的时间里，它变得越来越难以理喻。我将头抵在墙上，慢慢闭上了双眼。

在通话后的第七十三分钟，杰里米办公室的大门为我而开启。

“噢，皮特，你怎么有空来我这儿？”他微笑着冲我说。从他的神色中，我看出他在这个世界里生活得一帆风顺、游刃有余。

我怀着强烈的嫉妒心坐在了他办公桌前的皮椅上。是的，我就是嫉妒。杰里米和他的同类的人生中拥有许多我没有的东西，首先就是工作和事业所带给他们的尊严与充实。没有劳动，人就不成其为全人。我刻骨铭心地赞同这一观点。他的人生目的明确，而我的人生则是一团混沌，这不能不使我觉得自己是一个彻头彻尾的……无能之辈，也就是废物。我来到这个世界上，世界却不需要我，那么我为什么要来？他们还拥有许许多多我说不上来的东西。我真的说不上来，因为我很少愿意就这方面的问题进行思考，那只会使我感到痛苦——他们的幸福就是我们的痛苦。

“呃……没什么，就是想和你聊聊。”我轻声说。

他的眼光闪动了一下，旋即垂下了眼皮，不说话。

“凯茜还好吧？”我随口找了个话题。嫂子和杰里米是同类，但对我很好，她真是个好人，从不歧视我，在我面前从不以贵族自居，所以我对她的印象很好。然而我却不愿意接受她的关怀。我害怕这种关怀。

“她很好，就是没耐心安心在家相夫教子，整天忙得不可开交，将小乔治完全扔给电子保姆了，这对他可不好啊……”杰里米颇有些犯愁地说。

“那你可以在我们那儿挑个满意的，她可是除了相夫教子，别无选择。”我笑了一下，调侃说。

杰里米如我所料地板着脸坚决否定了这一提议。按法律规定，智者除可拥有一名同类配偶外，还可拥有一名天堂中的配偶；若不与同类通婚，则可拥有三名配偶，以利于优秀基因的延续和传播。然而在杰里米的社会中，真这么做的人却不多。因为与天堂里的人通婚被认为是该受歧视的行为，夫妻双方都有可能被社会所不容。杰里米在这方面有童年的阴影。我们的母亲就是父亲的第二个妻子，所以父亲分给我们的父爱也就勉为其难地有些不够了。由此之故，父亲虽有三个妻子和四个子女，到老却落得个单身独影，幽居于数百万公里之遥的太空城里。配偶与子女对他爱不起来，社会又不能容他，他也就只有这个去处了。杰里米万不肯重蹈其覆辙，发誓要做个好丈夫、好父亲。他做到了。他得到了极聪明的凯茜和小乔治。我注视着桌上小乔治的全息立体图像。那孩子显出了比他的父亲更浓郁的灵气。看来杰里米肯定将拥有一个幸福的晚年。

冷场了片刻，杰里米又把谈话继续了下去："珍妮怎么样？还满意吧？"

"没有珍妮啦，"我轻叹了一口气，"现在是伊琳。"

"伊琳……哦，好女孩！"杰里米打了个响指，"真正的好女孩！又漂亮，又善解人意，非常优秀的产品。我想你该满意吧？"

"很满意，"我点了点头，"她是我所见过的唯一完美无缺的存在。"

"近于完美无缺。"杰里米纠正说，"还有胜过她的。我就和他们有些业务往来。新产品好像是叫……梅格？……对，梅格！"他又打了个响指，"你想试试吗？我可以在她被投放市场前就给你弄一个。"

我摇了摇头。我对伊琳目前还能满意，何必急不可耐地提高胃口呢？我必须珍惜我对她的兴趣，这样我就还有生存下去的理由。"想不到还有人这么关心我们，伊琳上市才两年嘛。"我说。

"政府有这笔财政拨款嘛……有钱事就好办。"他随口说。

此后我们又就彼此的情况聊了一阵子，我这边是于他而言无关痛痒的鸡毛蒜皮，他那边是于我而言不着边际的宏伟壮举，我们确实已不是同一个世界的人。

很快，我们之间就只剩下了沉寂。干净清新的空气中，时间在稳步行走。我对时间不感兴趣，可他不能不理会时间的流逝。他的眼中流露出急切之色。我有点想知道他能忍受我多久。

过了一阵，我开口对他说："唔……知道我在想什么吗？猜猜。"

他摇了摇头，不说话。

“我在想……小时候的事。”我望着他说，“小的时候，我们也没什么朋友，就我们俩一起玩，整天整天地泡在虚拟游戏里……现在想想这种童年可够灰暗的。”我苦笑了一下。

他轻轻地点了点头，依然不说话。

“可我觉得还是那时候好啊，至少那时我们自己不觉得灰暗……那时我们玩得可真来劲，遇上个喜欢的好游戏就好像过节一样，我还记得当时自己心跳的感觉。”我觉得这时候我的声音有点陌生，“说来也奇怪，我们从来都是并肩作战，从来没有相互对抗过，我们的刀口一直是对外的，是这样吧？”

“没错，我们一向同生死、共患难。”他点头说。

“哎，我们最喜爱的游戏是什么？你还记得吗？”

“我想应该是《千钧一发》，对吧？”

我笑了，高兴地说：“你还记得呀……”

他也笑了，看着我说：“我不会忘的，你救过我很多次命。”

“你救我的次数更多。”

他的笑容一下子加深了，接着说：“我还记得你老是使用无赖秘技，把狙击步枪的弹药改成无限，当机枪使。”

“那有什么办法？我老是打不过那些狙击手嘛。”我的笑容变得有些勉强，“可你总是能打败他们……”我注视着他的眼睛。

他垂下眼皮，又不说话了。刚刚拉近的距离又变大了。

过了一阵，我找到了将谈话继续下去的话题：“这游戏现在很难找到了吧？”

“是的，早绝版了。不过你要的话，我能给你弄来，能弄到的。你要吗？”他抬起了眼皮。

“不要了。要来又有什么用呢？我们都已不是小孩子了。”我说。

他点了点头，说：“对，我们都长大了，那些都过去了。每个人都会长大的，没办法。”

我们又沉默了。还和他说些什么呢？我不知道。过去是我和他唯一的共同之处，可过去已经过去了。

突然间，我不明白我干吗要到他这里来了。难道就是想像小老鼠一样挤在一起取暖吗？可他不是我的同类，他只是我的哥哥。我觉得今天我好像犯了个错误。

于是我起身告辞：“杰里米，来你这儿瞎扯了半天，也不知误了你什么事没有。如果耽误了你什么，那我很抱歉……”我一边说，一边转身离去。

“弟弟……”杰里米的呼唤传入我的耳中，但我还是走出了大门，任凭大门无声地将我们隔开。正如他所说的那样，都过去了。

窗外的景致与半小时前一模一样，但此时我已没有了什么感想，只是呆呆地凝视着它们，脑子里一片真空。

过了一会儿，我问自己：此刻是不是应该哭啊？

不知道……我回答说。

我望着窗外耀眼炫目的世界，渐渐地感到它似乎正在变得模糊。真的模糊了吗？好像是吧。说不好……

帕梅拉的身影终于出现了。我没料到她还抱着她的孩子。她看见了我，快步向我走来。负责递送食品的自动餐车灵巧地躲避着她。

帕梅拉是我父亲和他的第一个妻子所生的女儿，我也拥有从前和她共同度过的许多欢乐时光的记忆。我和杰里米之间，她更关心我，至少我感觉如此。她和我是同类，所以我认为我们俩可以挤在一起取暖。杰里米已离我太远了，他竭力掩饰也没有用，而她离我应该比较近些吧。

她小心翼翼地落座于我的对面，看样子生怕惊醒怀里的孩子。“皮特，你约我出来，有什么事吗？”她小声问我。

“没什么天塌地陷的灾难。”我苦笑了一下，“只是想见见你，姐姐。我心里有点难受，想和你说说话。今年……我又落得一场空。”我心里直到这一刻才感到很委屈，才有了想哭的感觉。

虽然这是我的痛苦，但她的脸上也透出了伤心和痛苦。我有些后悔将她拖了来。我不一定能取到暖，可她今天注定将感到寒冷。她和我是同类，所以她的回忆也只会令她痛苦。

“我很难过……皮特。”她垂下了眼皮，“可就像你所说的，这并不是天塌地陷的灾难，也不是世界的末日，你还有明年、后年……只要还活着，就有希望。”

我没有回答她。她只能这么安慰我了，尽管差不多等于没说，我也只能这么去想。在坚不可摧的现实面前，我们也只剩下了一点正随着时间不断消逝的希望。

沉默了片刻，她对我说：“皮特，其实你又何必这么执着？你可以和这里的某个姑娘结婚，这样你至少可以将一只脚踏出天堂……”法律面前人人平等，智者的世界里男人可以拥有三名来自天堂的妻子，那么女人当然可以拥有三名来自天堂的丈夫。“最重要的，是你可以有一个孩子……”她将目光移向了她熟睡中的儿子，那神情就仿佛她怀抱着的是她人生的全部希望。

我缓缓地摇了摇头。我和她不一样。我的这个极为温柔的姐姐在连续经历了五年的失败之后就死了心，不再将希望放在自己身上。努力了几年，她终于嫁给了一位天堂之外的大她十一岁的男人，做了他的第三位妻子，从而得到了她梦寐以求的孩子。也许对她而言人生因此而得救了，可我不行。我不可能适应那种生活的，这我知道；孩子也拯救不了我的人生，这我也知道。

“他对你好吗？”我轻声问她。

她的目光闪动了一下，说：“他是爱我的……最重要的是，他给了我一个儿子。”

我看着那个还不足一岁的小婴儿。他似乎没有小乔治的那种灵气，也许这世界又多了一个时代的受害者。

“下一代……”我喃喃轻语，“我没想过下一代……干吗要让他们来受苦呢？……知道孩子一生下来为什么要哭吗？因为他们在抗议我们将他们抛入这个冰冷的世界，使他们遍尝人生的诸般不幸……将来孩子也要和我们一样接受生活的挑选，你能承受吗？”

“我根本就不希望他被挑中。”她说，“这样他就能陪伴我一生了。如果他被选中了，那才是不幸，我将失去他。”她下意识地将孩子抱得紧了一些。

我点了点头。她这么想有道理。但他要是通过了呢？她拯救自己人生的方法并不保险，不过希望至少比我大，因为我现在一点也不知道有什么可以拯救我的人生。

在以后的一段时间里，我们慢慢吃着饭，不时逗逗她的儿子。到我对这种消磨时间的方式的兴趣一点也不剩地耗光了之后，我就和她告别了。离去之时，我问自己：取到暖了吗？

这次的答案依然是：不知道。

顶层大舞厅里，节奏感极强的刺激性音乐震得我五脏发颤，那感觉就好像我和舞厅里的其他人一样，是坐在一头洪荒巨兽的胸腔里倾听它那沉甸甸的心脏在努力跳动。疯狂的音乐和酒精饮料使得这里的人一个个都呈现着非正常状态，手脚无法闲住，不是在颤动不停，就是在叩击桌面。

我不是经常来这种地方消遣，但今天我需要刺激，因为我已经快要失去感觉了。

海浪般的音乐声中不时冒出两声怪叫。这是这种地方的特色。人们就是冲着能比较自由地发泄心中的郁闷和痛苦才把整块整块的时间扔在了这怪兽的肚子里的。没事，叫吧，谁也不会在意的，只要你不像从前那几个家伙那样在发了一阵狂之后从窗口跳下去就成了。我慢慢地吸着杯中热乎乎的酒精饮料。

又有人跳出来发表演讲了。他先是大骂这种社会制度及发明它的人，然后又抱怨说我们简直在等死，再后就控诉“他们”在谋杀我们……标准的程序。

还没等他的演讲发展到呼唤大家都起来革命的阶段，就有人跳出来叫这位“革命家”闭嘴。通常大家都不理会这种演讲，因为这没有意义。我们两手空空，凭什么跟人家较劲？开玩笑。可今天可能是喝多了，有人要先跟这位“革命家”较较劲。这人叫“革命家”闭嘴，说他吵了大家听音乐的雅兴，扫了大家的酒兴，还说如果对这个世界不满不妨请马上从窗口跳下去，这样大家都好受……

凭以往的经验，我知道今天晚上这里铁定要干上一仗，于是我马上起身走出了这疯狂的地方。我不想受到这样的刺激。

舞厅外的小花园真是令人神清气爽。由于刚从那种乌烟瘴气的场所出来，我觉得外面的空气清新得不可思议。脚下，缤纷的花朵铺满地面；灯光下，朵朵花儿似乎都罩在薄雾之中，它们摇曳着身躯，告诉我它们为我而盛放。

童话……我在花园中的长椅上坐下来，静观美景，对自己说：你已进入童话。在城市夜空清冽的空气中，我闭上双眼，想象我正在天空飞翔。

“皮特。”就在我的意识渐次朦胧之际，一声女人的轻声呼唤将我惊醒。我扭头一看，是莱切尔。

“一个人在这儿享清福呢？”她笑嘻嘻地说。

夜风穿过她的发际将她身上的香味拂到我的脸上，我的心猛地一跳，血液往脑门一冲，不由得一阵头晕。这是怎么啦？灯光下她的身影确实有点像天使，可天天与天使生活在一起的我怎么还会有感觉呢？

“你……”我目不转睛地望着她，有点不知该说什么。

她看着我，也不说话。

最后我笨拙地说：“那你也来吧。”我向身边一扬手。我这会儿很希望身边能有女孩儿温暖的体温和香味，那将使此刻的童话气息更为浓郁。

她大大方方地坐在了我的身边。

“怎么样？这花园好吗？”她说。

“很好，挺漂亮的，就像你一样漂亮。”我大着胆子这么说道。据我判断，今晚我有机会将事态发展到最后。

“就是小了点。”她说。

“确实小了点。”我顺着她说，其实是大是小我这会儿并不关心。

“可以握握你的手吗？”我向她发出这样的请求。也许过分了一点……我对自己说。

可她似乎不这么认为。于是我得到了她的手。

她的手也在颤抖，可我心跳的感觉却没有想象的那么强烈。毕竟她只是人类。我提醒自己此刻应该放低标准。于是我排除杂念，认真感受，希望这个小小的童话能得到一个完美的结局。

“皮特，我们结婚吧。”

我一下被噎住了，险些从椅子上摔了下去。这……这是从何说起？！我肯定听错了。

“皮特，我们走吧。”她用力握着我的手，“这个世界没有什么意思，我早就想离它而去了。但是我不愿意一个人孤单单地走，我要和自己所爱的人走。那就是你，皮特。在我接触过的人中，我最喜欢你。和我一起走吧……”她在期待。我从她的双眼虹膜中看到了期待和信心。

“上哪儿去？”我咽了一下口水。这一刻我发现女人这东西比我想象的要复杂得多。

“到农业保留地去。”她马上回答。

我呆呆地望着她。

“那儿和这儿不一样。”她的眼中闪现着热情的光芒，“在那儿，每个人都得干活，可劳动的目的很单纯，就是自食其力，不像这儿这么莫名其妙。在那儿，我们的人生将拥有目的、拥有方向、拥有价值，我想在那儿我们会过得很幸福、很充实的……这个世界已经不属于我们了，它属于那些能以最高效率从世界榨取资源与能量的毫无节制的……人。可地球注定会是我们的。因为地球作为一个封闭系统，最终只能容许存在一种有节制的低熵的生活方式。那些‘趋能动物’只能将爪子伸向无边的宇宙，只有那儿才有无限的能量。地球已经不被他们所看重了，所以我们有机会。农业保留地的面积正在扩大，其中的居民正在一天天增加，我看地球最终会成为一颗纯太阳能农业星球，那就是我们的未来。”

停顿了一下，她说：“皮特，走吧。难道在这儿生活你不感到痛苦吗？一次又一次被拒绝，你不绝望吗？你还留恋此地什么？我知道今天你又失败了，否则你此刻就不会在此处出现了。走吧，别再撑下去了。那儿不会拒绝你的，你只需要去，就行了，很简单。”她的手一直在用力握着我的手，话音消失后也未放松。

原来她信奉这个。很早以前就有这理论，核心内容就是将做个农民视作拯救自己人生和回归生命本真的最后一次机会。这理论正确与否，我说不好。我沉思着，归纳、分析、判断。

最终的结局是我摇了摇头，说：“不，很抱歉，我不能走。”

“为什么？”她盯着我的脸追问。

“因为……我已经没力气了。当个农民会有何感受我不知道，但我想那儿也不会就是个完美的世界，那儿有那儿的缺陷……我想我已经没有力气来从头适应一个陌生的不完美的世界了。很遗憾，你来晚了。刚才我已经决定从此以后不再去接受测试了，我不想再尝试下去了，也不想再接受任何形式的挑战，我就想这样安静地度完余生。对不起，我累了……”我的语气令我害怕。

我们之间的沉默持续了很久很久。

“你决定了？”她终于开了口。

我点了点头。

“那么，皮特，永别了。”她站起身来，轻轻松开我的手，任其如风中的落叶一般缓缓垂落。她头也不回地消失在了黑暗之中。

我的目光追随着她的背影，心中忽然感觉一阵隐隐的钝痛。我有些想站起身来，但没有力气。

我的视野中只剩下了黑暗。我垂下头，独自静坐。没什么可说的，我相信我的选择。人是一种不完美的生物，我不能想象两个不完美的生物在一起能获得相安无事的人生，这就好比两个不同规格的齿轮难以协调运转一样。女人……我哪里能够应付这么复杂的生物？我没有信心，亦无勇气。真的没有了。只有一种完美的生物才能适合我，给予我心里想要的一切，以如水的完美包容我的不完美。我已不知道若没有这种生物我该怎么生活。这就是天堂的威力。

我无力地坐着，不想动，连呼吸都觉得费劲。但不一会儿我就冷得有些受不了了，风之刃似乎已在寒星万点的粗糙夜空上磨利。我站起身，发着抖，往回走去。

回到我那小巧的温柔之乡，伊琳依入我的怀中，抱着我久久不肯松手，告诉我她很为我着急，问我为什么现在才回来。

我抱着这完美的生物，深深地吸嗅着她身上的香气。片刻后，我发现我的泪在流淌。泪水一连串地往下落着，快速而汹涌，自己完全不能控制。可是我的肺叶和喉咙却没有什么变化，呼吸平稳，就好像正在流淌的不是泪水而是汗珠一般。这能叫哭吗？伊琳极为善解人意地抱紧了我。在黑暗中，我们紧紧相拥着一动不动。

她的身体柔软温暖，我觉得我已被天使的双翼所包裹。暖意渐渐渗入我的身体，她在给我温暖。我的身体一点点放松下来，一切都暂时烟消云散了，剩下的只有天堂的极乐。

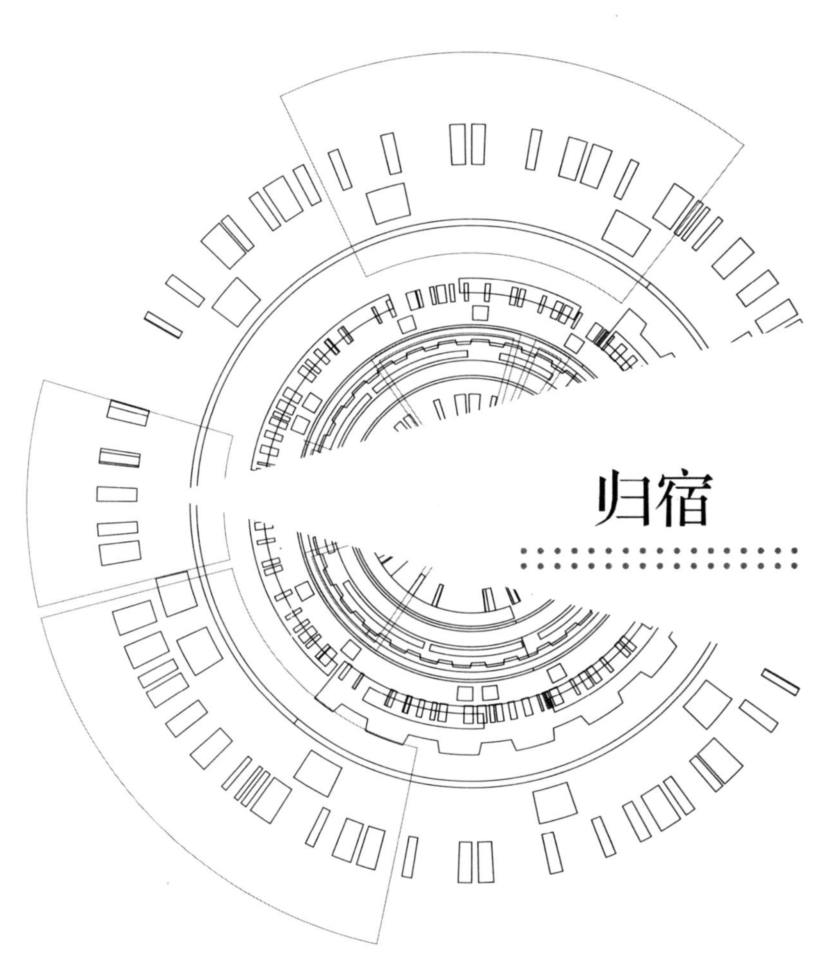

# 归宿

现在到天黑之前，他所要做的事就只剩下了等待，等待黑夜的降临。

他终于盯死目标了。以这颗行星的公转周期计算，这最后的一对目标他已追了大半个年头，经历了一再的落空，今天总算把他们给堵住了。整整五个年头，他一直在不停地寻觅这些目标，五年的追踪生活已使他打心眼儿里赞同死亡乃是一种解脱的说法……现在，这苦差事终于到头了，无论如何，今天也要有个了断，不能再拖下去了。待会儿天一黑，他就动手。

对面山腰上丛生的杂草和枯木烂叶中，隐藏着一个实际并不太小的山洞口，由于伪装得实在不赖，不留心辨认是很难被发现的。可他还是发现了它，找到了藏身于洞中的四个目标。这得益于卫星追踪系统和高灵敏度热成像视镜的帮助。目标的骨骼上附有特殊的放射性元素，除非脱胎换骨，否则没法躲开卫星的眼睛。这是移民管理部为星际移民的安全所采取的强制措施，以防移民在异星上迷失。可具有讽刺意味的是，正是这一点现在却成了他们不安全的根源。热成像视镜清晰地将洞内目标的一切活动尽收眼底，这两大两小四个目标，再也无处可逃啦！

他从脸上摘下热成像视镜，轻轻放回挂在身边树杈上的大背包里，然后放眼四周。只见四周的这些小山，片片山坡叠青泻翠，昨天的霏霏细雨已将所有树叶上的尘埃冲洗无余，所以此刻在这明媚的光芒照射之下，密密匝匝的叶片碧绿得可爱，让他看了心情舒畅无比。他条件反射般地深深吸了一大口气，肺叶极度扩张的快感令他觉得体内血液的流速正在加快。恐怕这并非只是感觉，事实上，这里的空气比故乡的空气更适合于呼吸，更能给身体以活力。在万籁俱寂之中，他甚至觉得自己听到了血液流动的哗哗声。

他徐徐吐出肺里的空气。这时候恰好清风拂来，树上的叶片发出阵阵低语，细微得直如从另一个世界的入口处所传来，仿佛在给他提醒。于是他体内的快感一下烟消云散了，心猛地往下一沉，他又一次感受到了使命，那沉甸甸的重负正在向他的身体施加沉重的压力。

他在粗大的树桠上伸直双腿，轻轻地叹了一口气，背靠着因太粗壮而感觉如同一堵平直的木墙一般的树干，全身因而得以放松并使血液流动得更加顺畅。时间还有不少，必须让自己坐得舒服一些，保存体力，免得等到动手时全身发僵。

宝贵的时间在此刻却令他觉得漫长得难于忍受，流速简直比山间的细小清泉还要缓慢。这个星系的恒星就在这时间的溪流中一点点地向着远方群山低矮的山脊飘落。此刻这团熊熊燃烧的火球，变得通身火红，而不再刺眼，只是红，纯粹的红……晚霞借助于它的鲜红光芒，把自己装扮得生气勃勃、气势夺人，令他产生了一种暂时无法觉醒的幻觉：那火红的世界就是天国的所在，那里也有生灵在生活，它们外表和心灵都很美好，整日无忧无虑，它们不知道除了美，世界还能有什么……有关那个世界的详情，他的一名部下曾向他多次描述过，就是她的这种描述和她自身，曾带给他难以言尽的欢乐，使他懂得了美与爱的真正含义。正是在她的引导下，他发现了晚霞的美。他偏着头，出神地注视着晚霞。头顶，晴朗的天空更显湛蓝。

渐渐地，天空的颜色发生了变化，向着略有不同的另一种色彩悄然转变……

天边的晚霞仍在燃烧，并且更加鲜艳、更加明亮，而在前方不远的地方，柔波细浪轻抚着红色的沙滩，一颗巨大的橙色恒星浮在大海之上，风带着浓重的潮水味儿。她就坐在还发烫的白色海堤上，支颐望着那片晚霞。良久，她扭转头，轻声说："嘿，你知道吗？我真是喜欢晚霞啊！它真美……宇宙中竟会有这么美的东西！不可思议……嗯，我想，如果有一天我到了一个再也不能看见晚霞的地方的话，我会非常伤心的……"

他的心脏感到了一阵突如其来的尖锐刺痛，全身一抖，险些失去平衡从树枝上栽下去，眼前的幻象立刻消失无踪。他慌乱地环顾四周，数秒之后才确信自己确实身处此时此地，而非彼时彼地。

他长长地叹息了一声，动用理智将体内的情感渐渐平息了下去。这五年中，痛苦一直在使劲啃噬他的心，如此之深的痛苦在他并不算简单的阅历中还从未出现过，然而他还是顽强地挣扎到了今天，身体和精神都没有被压垮。他变得比从前更为强大了，或者说……更为迟钝了。这五年下来，他学会了一种本事，那就是可以很轻易地做到心无杂念，脑中一片空白地消磨时间。这时候，他用上了这种本事。

于是他暂时得到了内心的安宁。他一动不动地坐着，双眼滞然地望着天空。天空风流云散，景观在不断地改变，天色在不停地转深。

蓦地，他听到了一阵极为轻微的声音，很像是一群昆虫在缓缓爬行。他本可以立刻做出反应，但他把时间花在了思考自己是否已经暴露上了，毕竟这是此刻压倒一切的事。于是他感到左臂上一阵轻微的刺痛。扭头一看，只见一条蛇喷吐着叉形毒舌品尝着空气，嘶嘶作响地发出威胁。蛇高昂着头做出攻击姿态，蛇头上的鳞片反射着光芒，粗大的身体正在树枝上缓缓地蜿蜒游动，身上那斑斓但规则的条纹令它信心十足，毫不畏惧眼前这个比它庞大百倍的对手。

他低头一瞥，看见了自己左小臂上有数个发白的小洞，清晰地呈现在自己金色的皮肤上。他并不彻底了解这种动物，但他知道它们是以有毒化学物质作为保护自己的武器。他的故乡也有类似的生物，只是毒物的成分迥然不同。这种像带子似的动物并不能给他以致命伤害，就像这颗星球上的绝大多数生物一样。这五年的经历已使他对这颗行星和它所孕育的生命有了相当的了解，这愈发坚定了他的信心，并进一步确认了自己所做出的选择的正确性。

他将手一伸，就抓住了蛇的颈部，信手将这不识进退的小可怜虫拈了过来。他的速度显然超出了蛇的意料，它在吃惊之余，狂怒地用身体缠住了他粗壮的胳膊，死命用力收缩身体。他思忖了一下，用另一只手捏住蛇头，如撕扯树叶一般将蛇头扯了下来。

他将蛇头随手放在身边粗大的树杈上，把蛇身从左臂上扯了下来，将血肉模糊的圆形伤口送到了嘴里。他一口一口地吞噬着蛇长长的身躯，品尝着这美味的食物。肥厚的蛇肉和凉凉的蛇血令他有些忘乎所以，他不顾蛇的骨头在他的咬肌和牙齿协作的可怕压榨下所发出的清晰的咯咯碎裂之声，只管大口大口地吞吃着。很早他就学会了生吃，因为他必须得适应这种野蛮的生活，这样才能顺利地追踪下去。没用多久，他就适应了，并且还发现这行星上有不少动物都十分可口，且自己的肠胃完全可以消受它们。他小心地、不胜怜爱地将撕下的一大片蛇皮放入口中，细细咀嚼着。生食的真正美味使他食髓知味，蛇在他的食谱中可列为上品，蛇皮他尤为喜爱。仅从吃这一角度来说，这个行星真是妙不可言。这正是可怕的地方……

嘴里恢复了平静，他全身也都放松了下来。回想刚才的一切，他又一次感到了恐惧。可怕的景象从他的脑海之中浮出。他将阴郁的目光投向对面的那个山洞，为了不让那种场面变成现实，他必须消除一切不安因素，而那里，就仅存着最后一丝不安因素。他等待着。

天黑得终于可以令他满意了。他使劲呼吸了数次，取出星光像增强镜戴在双眼上，顿时，黑乎乎的林子变得亮如白昼。他认真辨认着白天选定的通向山洞口的安全路线，再次核对，默记于心。洞里的目标十分狡猾谨慎，在洞口四周遍设陷阱。他们肯定不会在一个地方长住，但仍然不惜力气地挖掘了那么多的陷阱，看来追寻他们花去大半年时间并不奇怪。然而他们是在白费力气，这些陷阱是无法有效阻挡他的，他已经用微型超声探测仪尽察虚实。

他将挂在树杈上的大背包取下来背好，慢慢地站起身来，纵身从离地面的距离比他的身高高数倍的树枝上跳了下去。

尽管落地时的声音并不太大，且这点声音也马上淹没在了林中晚风和唧唧的虫鸣声中，但他仍然后悔没顺着树干爬下来。无论如何，不能惊动山洞里的目标，他不想再浪费时间了。

时间……他感到恐惧。这种恐惧与刚才不同，这一次是本能的，仅属于他自己，只与他的生命有关。他还剩多少时间呢？生物对生命本能的留恋是很难克制的。

不过恐惧和留恋都未能阻止他的行动。他小心翼翼地向那个山洞接近着。从他藏身的小山包经两山间的山沟到那个山洞还是颇费时间的，茂密的树林和拥挤的杂草给他制造了很大的麻烦，毕竟这还是一颗极为原始的未被开发、未受文明污染的行星。

通过星光像增强镜的放大，林中的光线似乎比白天还亮，在绿莹莹的背景光映衬下，这颗行星的那个独一无二但硕大无朋的卫星所反射的恒星光使得树林中充满了怪诞的阴影。他竟不免有些胆寒了，虽然目标根本不是他的对手。他们没有任何高技术装备，出逃时他们除了身上的制服，什么也没带上。五年前他在动手之前，就找借口将他们的一切装备都收上来了，那是他蓄谋已久的。

他一步一步地前行着，每一次都是在确信没有危险之后才迈开步子。谨慎使他成功地绕开了一个又一个陷阱，而仔细观察则使他跨过了一道又一道绊索，向着那最后的终结点步步逼近。他想自己的肤色肯定正在向着橘黄色转变，因为他的肌肉因紧张而颤抖不止。他有些急促地呼吸着林中潮湿的空气，希望能缓解一下压力。这已是他第八次经历这种感觉了，仍然无法抑制住它。他只好又一次提前把武器从背包里取了出来。这种自卫武器是个可怕的东西，它喷出的强力子弹能量十分霸道，在一定距离内甚至可以洞穿宇航幼年时期的低速飞船的外壳。星际殖民分队对自己制式武器的要求向来是威力越大越好，尽管在几乎所有情况下都用不着这么大威力的武器。他将这短树杈似的家伙捏在手里，心情这才平静了一些。

他双手紧握他的武器，双眸透过星光像增强镜搜索移动，而两腿则异常缓慢地移动，仿佛这地上铺着一层鸟蛋，而他必须保证一个也不踩碎似的。树枝和茅草扫过制服的声音细微得几乎不存在一般。长着青苔的古老巨树和齐腰的茅草一点点地被甩到了身后，山洞口一点点地向他靠近，只要他能成功地摸到那儿，就可以说大功告成了。

等他终于将身体贴在冰凉的石壁上时，夜已很深了，黄黄的卫星已开始了它的回落行程。他轻轻地、缓慢地喘着气，歇息着以恢复体力。路程其实并不长。两年以前，他曾在远方一望无际的大草原上对一个目标进行了最后的冲刺追击，他从将近正午时分开始舍命飞奔，直至恒星的边缘接触到了地平线，才将双方之间的距离缩短到了武器射程之内。而现在这么点距离竟使他感到了疲惫。

洞里的目标们此刻在干什么呢？又在想些什么呢？如果睡着了，他们会做一个什么样的梦呢？那飞船在大气层中爆炸时的惨景是否曾闯入他们的梦境？他不知道他们有没有从梦中惊醒，可他经常惊醒，每一次，他都要拼命咬牙才能忍住不致哭泣。他们肯定看见了当时飞船爆炸的可怕场景，他不敢想象他们当时心中的感受。他甚至记不起来当时自己的感受了。当时他脑子里一片空白，几乎毫无知觉地在原地站了好久好久。事后，他完全记不起来有关那段时间的一丁点儿印象了，就好像那段时间他并未活着，尽管飞船就是他遥控着故意未启动保护屏就冲入大气层的。那艘飞船的超空间跃迁引擎已经彻底死亡了，再也不可能跃入超空间“跳”回故乡了，可当它在这异星的稠密大气层中燃烧爆炸之时，他仍然受到了剧烈的冲击，以至于他花了好多个日子才真正接受了这一现实。“他们会恨我吗？”他经常这样问自己，但他从不为答案所困惑，因为不会有别的答案。他们绝对不会理解他的使命的，不可能的，不可能……

他的听觉一直在收集洞内的声音信息。除了枯树枝燃烧所发出的微弱声音，没有什么别的声音。看来他们已经睡着了，至少这些迹象表明如此。他不能彻底肯定这一点，因为这颗行星的自转周期与他们体内的生命节律不相吻合，他们有时即使恒星高挂中天仍困得要命，有时却整夜怎么也睡不着，总之乱套了。他希望山洞里的目标们通过这几年的生活已经适应了这颗行星的自转周期，这样，他下手就会方便许多了。不过他们应该不可能在此刻专门针对他设计什么圈套，他们没有可能察觉到他的行踪的，不过万一……可现在除了顺其自然，好像也没啥可做的了……

他闭目将冰凉的武器贴在脸颊上，一动不动地度过了一段时间，突然跃起，紧握手中的武器冲进了山洞！

山洞深处的火堆发出的光在晃动，狰狞的石壁在摇曳的光线映照下抖得更凶。他觉得从洞口到火堆的这段距离太长太长了。

不过他还是顺利地冲到了火堆前。现在要快！他立刻把武器对准躺在铺着枯草和兽皮的石板上的那两个成年目标，以最高射速发射出了那种到目前为止已知的任何生物都经受不起的强力弹丸。

弹丸如他所愿地让那两个目标永远地停留在了睡眠状态之中，他们身上的已经很破旧的制服又添了好些个大洞。

这种武器的设计思想过分偏重于威力的大小，显然对它的嗓门未予以足够的重视，在这近乎封闭的石洞中，它的吼声震得他内脏发颤。不远处躺在用树枝和藤条精心编成的小床里的那两个小目标被惊吓得大哭起来。他们还不会说话，恐怕也理解不了眼前所发生的一切，只好用哭声来表达他们的困惑和惊恐。

他感到心中烦乱极了。这是他一直十分担心和害怕的事情。到此刻他已经杀光了所有的127名部下，但还从来没有杀死过小孩子。这五年来他所追杀的目标中只有两对是夫妻，一对被他最先击毙，所以没来得及生下孩子；而这一对一再从他的手边溜走，终于让他们生下了孽种，给他造成了这么大的麻烦。

虽然难度颇大，他还是把武器举了起来。他们再也得不到父母的照料了，所以他们肯定会死得十分难受，既然如此，还是利索点了结好。

随着两声几乎没有间隔时间的巨响，哭声戛然而止。

他长长地出了好大一口气，使劲强迫自己放松全身的肌肉。好了，一切都结束了，到此刻为止，危机彻底消失了，使命可以说已经完成。至于余下的那部分……“别担心，我会做到的，一定……”他自语着。

他收起了他那可怕的武器，今后不会再需要它了。他伫立在死寂的石洞里，一动不动，火堆把他摇曳的黑色身影投射于昏暗的石壁上。

俄顷，他转身迈步走出了这个山洞。

他在离洞口不远的地方找了一个陷阱。他一脚把这陷阱的伪装层踩塌了下去，然后认真估算了一下它的大小。在确信完全足够掩埋山洞里的四具尸体之后，他回到洞里将尸体一具一具全拖了出来，扔了进去。

最累的是挖土填坑的过程。他只有一柄小铲子，所以只能依靠自己强有力的双手，一铲一铲地把土铲起填进那个大坑里。五年前可比现在轻松多了，那一次虽然需要掩埋一百多具尸体，但他那时拥有定向聚能爆破装置，可以一下子在泥地上炸出一个巨大的深坑，并且他还有机械装置可以利用，没费什么劲就完成了掩埋作业。不过自那以后，他就只能依靠自己的体力和这柄小铲子了。因为他把一切都给毁了。登陆飞艇、机械设备、计算机、武器弹药、坚固耐用的简易住房、生活物资……什么都毁了，用的是飞艇上剩余的常规燃料，只留下了一些供自己追踪所必需的物品。当他在远处的山丘上回首遥望那仍在熊熊燃烧的烈焰时，他感到了前所未有的凄惶与恐惧。本来，他可以将那一百多具尸体也尽数焚为灰烬的，但他怎么也下不了这个手。他于心不忍啊。已经死去的他们还有什么威胁？为什么不能留下他们的骨殖呢？也许，将来有一天，他们会被这颗行星上的土著居民发现，这样他们就不至于彻底从这个宇宙中消失，多少还算是留下了一点痕迹、一点证据。

飞船也被毁掉了，是在毁坏通信系统之前毁掉的。他用地面无线电通信系统遥控操纵着那艘硕大无朋的飞船，未开启保护屏就冲入了大气层，干净利落地让飞船在高空中燃烧爆炸了。碎片落入大海之中，没有造成什么影响。本来这艘飞船可以悬在太空轨道上或停放在这行星的卫星上，安然无恙地待上许许多多的年头，但他担心有朝一日这行星上的土著居民会为了争夺它而自相残杀、大开杀戒，所以还是斩草除根为好。

土填得差不多了，他停下手，用脚使劲地踩踏松软的浮土，待踩实了以后，又继续填土，再踩……如此三番五次，才算是彻底掩埋好了。他干这种事已有好几次了，已积累了足够的经验。

完工之后，天空中已透出了一丝光明，黑暗正在一点点被逼退回地层的深处，恒星的光芒开始一点点收复它的失地。他坐在这座新坟的旁边，用手指将从地上捡起的小石块慢慢地一点点碾碎，扔掉碎末之后，又捡起一块继续碾。他在思考的时候，总是喜欢这么干，这是他来到这颗行星之后养成的新习惯。不长时间，他盘着的双腿前洒满了一层细碎的石末儿。

确实有一种别的选择，一种不至于让他的部下们提前付出生命的选择。然而他必须以大局为重，不能幻想部下们会接受他的劝说，同意困居于飞船上终老一生而不留后代。这么干太冒险了，可以说是有进无退，万一部下们不肯同意，他就没法做别的选择了。所以他横下一条心，选定了最保险的方案。

当初刚刚登陆的时候，他着着实实兴奋了一阵子。看到这颗未知行星如此适合于居住，他和部下们高兴坏了，事故所带来的恐惧和惊慌被一扫而光——他的飞船竟然在超空间跃迁航行途中坏掉了引擎，结果在这个陌生的星系附近冒了出来！

照说谁摊上了这种倒霉事，那是必死无疑了。这是星际航行史上由来已久的头号难题。飞船的超空间跃迁引擎如果中途“死火”，飞船就会中途“搁浅”，并且飞船的超光速粒子通信系统也就没法使用了，而谁也不会指望常规无线电通信系统的……一般说来，这种事故一旦发生，谁都会只当是整船爆炸这样的恶性事故发生了。所以当他和部下们发现这未知星系的八颗行星中的第三颗行星的条件是如此的优越，都认定此乃上天有灵。他们原本就是要去开拓外星殖民地的，而现在这颗行星的条件比他们本该前往的目标行星不知优越多少，这真是天无绝人之路……这样的好运气，其概率是相当微小的，可他们偏偏撞上了……运气好得让他觉得不正常。

登陆之后，他们立刻动手大干特干了起来，打算在这异星的大地上生根，然后发芽、开花、结果，延续自己的种族和文明，生生不息以等待本土文明在收到自己的求救电波之后派来飞船……

然而他最为担心的事情终于被证实了。有关这颗行星上的土著生命的情报信息逐渐多了起来。经过无比仔细地一再分析核对，他不得不接受这么一个残酷的现实：这颗行星上至少有一种两足动物是有智慧的生灵！他们懂得用火，他们彼此之间使用简单但有效的语言沟通交流，他们能够制造工具、武器甚至首饰，他们会盖简陋的草房，他们在岩壁上绘画和书写文字符号……不需要别的什么证据了，这种生物确实是这颗行星孕育出的独一无二的精灵。尽管他们还相当原始，但智慧的种子已经发芽，开花结果只是早晚的事，他们肯定会创造出一个灿烂的文明。为此，他心中感到冰冷。

他必须在这颗行星的土著智慧生物和自己的这支小队伍之间作出选择：究竟谁应该生存下去？

如果放任这支小队伍发展下去，这颗行星的土著文明就完了，没有发展机会的。两者相比，土著居民无论身体条件还是智力方面都处于下风，而他的队伍在一定时期内还可以充分利用飞船上的各种高技术设备，极有可能在一代左右的时间内将土著居民斩尽杀绝……即使做不到这一点，也可以运用探测仪器彻底了解这颗行星，然后将数据输入计算机，由计算机制订出最合理、最快捷的进化发展战略，再将这一大战略用宗教等形式固定、延续下去，此后就势如破竹了……土著居民们不会有胜算的，他们对面临的危机一无所知，不知道那个外星人部落的能量有多大，也不知道这支外星种族比自己优秀多少，更不懂得这是一场你死我活的生存竞争，他们依旧会慢腾腾地进化，即使大批同类已被消灭了仍然无法团结起来，他们还不具备抵抗外来先进文明入侵的力量和意识……或许他们不会被斩尽杀绝，但如果将来他的部下的后代们突然发觉人肉是一种不错的美味，土著居民就会被当作家畜饲养起来……不能存有幻想。后代们的野心和欲望不是现在的他所能猜度的，指望他们与世隔绝地独自生存而不与土著居民发生接触是极不现实的，尤其是两个种族之间在许多方面都不存在均势。

于是他选中了土著居民。他的队伍是在一个错误的时间来到了一个错误的地点，绝对不能再把错误继续下去了！湮没于时间的流沙之中只能是他们唯一的归宿。他们没有权力剥夺一个土著种族的生存权，没有权力扼杀一个正在摇篮中的文明。这是宇宙各文明间的道义，是宇宙正常秩序的一部分。没有命令，但他知道自己必须完成这个使命，没有谁可以依靠，他必须自己挑起这千钧重担，并且不能失败。他愿意承担这重担，发誓只要他的心脏还在跳动，就不能容忍优胜劣汰、强者生存、赢家通吃这一类原则在此地被荒谬绝伦地运用。他不想听也不接受别的什么意见，只相信自己的判断和自己的选择。

他一个人准备了好久，为了确保不走漏半点风声。在精心准备好之后，时机成熟了……

尽管他干得相当出色、相当利索，还是有十一名部下成功地逃掉了。他毕竟没有三头六臂。

他不能马上出动去追击他们，他必须首先毁掉所有的先进技术设备，以免有人乘机杀回来控制了那些高技术设备，如果那样可就没法收拾了。就因为这一点，他不得不花费五年的时间历尽艰辛在整个星球上奔波，即使有一颗示踪定位卫星在高天之上给他提供帮助。

现在使命已经完成，是该考虑……自己的结局了。他双手一颤，一股白烟一般的石粉从指缝间腾起。这个决定是需要勇气的。他可以就在一处与世隔绝的山林中终老一生。只要不与外界发生联系，应该不会给土著文明造成什么影响的。这一种选择确实诱惑着他，但他不能这么选择。所有的部下都死在他的手上，他没有脸独自苟活下去。死亡现在不仅是归宿，更是承诺，是对死于他手的同胞的承诺，尤其是对她的承诺。他在动手的前夜发过誓，第一个杀死她，最后一个杀死自己。他不愿让她经历震惊、恐惧和痛苦，所以第一个从背后打穿了她的头颅。这是他这辈子为她利用自己的职务特权所做的唯一一件事。

她死后，他就对活着不感什么兴趣了，一直在等待着到天国中与她相伴。他希望自己的践诺能多少化解一些幽居于晚霞天国之中的她也许会有的怨恨。他不害怕在那里见到他们，也不祈求他们的原谅，他愿意为自己的决定负责，愿意接受他们对他的审判，他已经做好准备自己为自己辩护。

他在异星的晨曦之中站起身来，身体头一次在这颗行星清晨寒风的袭击下颤抖了起来。他从山腰的树丛中放眼望去，只见天边露出一线晨光，在黑暗与光明的交界处，低低的云层边缘像镶嵌着一道银边，真是好看。美好的景色令他的嘴角一阵抖动，他克制了一下，低头迈开了脚步。

走到山洞口，他把背上的大背包取下来扔在地上，从中取出两枚微型炸弹，将一枚放进衣袋，然后将另一枚的引信扭到“延发”档，重新把它放回到背包中。干完后，他立刻离开山洞向山顶走去。

在快到山顶的时候，一声巨响传来，脚下一阵颤动。现在外来文明只剩下了最后一个遗迹，那就是天上的那颗已经没有什么用处了的示踪定位卫星。而它的存在也不会超过二十个年头了。它的高度会因空气阻力而逐渐下降，最终坠入大气层中烧毁。

站在山顶上，他看见了一个广阔壮美的世界。美使他微笑了起来。初升的恒星的光芒照得他金色的皮肤熠熠生辉。“我没做错。”他怀着恬然的心情利索地按下了炸弹的起爆钮。

在朝阳的光辉中，这山顶上出现了一道耀眼的光芒，一闪而逝。

“青山依旧在，几度夕阳红。”太阳的光芒不厌其烦地一次又一次洗浴着这座小山，早晨升起，傍晚落下，夏日长，冬日短，年复一年，极其准时。时间就这么不紧不慢地流动着。

在这期间，这颗行星上的土著智慧生物一点点地加快着进化的脚步。他们学会了农耕，学会了驯养动物，学会了冶炼制造金属用具，学会了建房筑城，学会了剥削弱小一些的同类，学会了在冲突中运用谋略和战术高效率地杀戮同类，学会了使用货币，学会了建立起复杂的社会结构和名曰“国家”的庞然大物，学会了制定种种制度和伦理道德束缚自身天性，学会了创制宗教信仰，学会了创造艺术品，学会了积累文化，学会了修建长城和金字塔……为了这些东西，大地上遍染人的鲜血，历史在不断震荡中摇摇晃晃地前行着，时而踯躅不前，时而又拔腿舍命飞奔……如此这般地折腾了好几千年，文明在灾荒、疾病、战争、大屠杀、核武器的诸般威胁下总算艰难地走到了工业时代，走到了无线电时代、宇航时代、计算机时代。人类开始向外层空间发射无线电波，向整个宇宙宣称自己的存在。当人们终于意识到自己可能不是整个宇宙的独苗之后，又向外层空间发射出了载有自己文明信息的飞船，同时在本土布置了大批的射电天线，收集外星文明的信息。人们渴望得到外星文明的信息，盼望能与他们建立起联系，进行交流，并最终让他们到自己的星球上来。

然而人们不知道，他们早就来过了，更不知道他们中的一个为了阻止这一点而做了些什么，至于说是谁给了人类自己引以为傲的文明以机会的，就更无从谈起了。

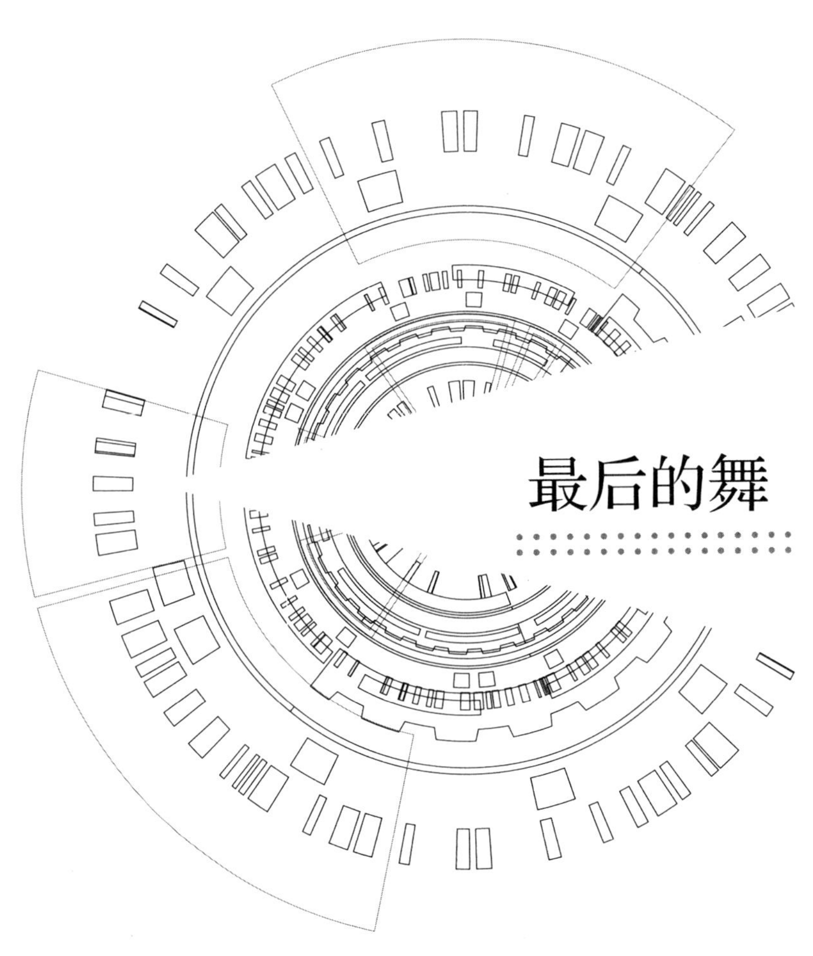

# 最后的舞

阿雅从梦中惊醒，看见锐利的阳光从窗外斜斜地切割进来，劈在雪白的墙壁上，留下了火红的伤痕。

阿雅坐起身来，拭去额头上的汗水，等待心跳的回缓，并开始回忆自己刚刚从中逃离的那个黑暗中的噩梦。

然而她什么也记不起来了。除了在墙壁上那道红色伤痕的提醒下，她依稀记起那是个红色色调的梦，就什么也没记起来。不过那个梦给予她的感觉仍然还留在她的脑中，那是恐惧和绝望交织缠绕的冰冷感觉……但是它们并没有淹没一切，阿雅还能记得有一丝温暖在寒冷的包围中顽强地保护着自己，不过只有一丝，很微弱……

天是蓝色的，草是绿色的，水是青色的。

阿雅在草叶覆盖的大地上缓缓行走，蓝天空阔得有些骇人，广袤天地间风急速流动的声音却掩盖不了娇嫩的草叶不堪重负而折断时所发出的细小但清晰的响声。空气很清新，环境很优美，但阿雅的心情并不舒畅，因为她知道，就在自己行走之时，许多生命走完了它们的一生。

阿雅的脚步在一株她叫不上名的花卉前停住了。她已经不喜欢红色了，可是花朵的鲜艳还是吸引住了她。阿雅看见自己的手缓缓伸出，轻轻掂住了那朵最鲜艳的花。阿雅看着那朵花在自己的手中慢慢失去它的鲜艳，看着红色的汁液染红自己的手指。她不想这样，她现在特别珍惜生命，不论它是多么的渺小……然而她现在只能默默地感受一个怒放的生命被自己榨干的详细过程……

形状奇妙的白色云朵悄悄地离阿雅远去……他却还没有来。阿雅等待着。今天她和他之间有约定。

风将寒意从外部灌入阿雅的体内，昨夜的噩梦乘机将它的影子向阿雅的全身弥漫，吞噬她的体温。阿雅的身体微微颤抖起来，但她坚持着，等待他的到来，她相信他能带给她温暖。

看见他了。阿雅顿时感到自己那在风中摇曳的单薄身躯得到了依靠。

他的微笑让她感到温暖，他的拥抱和往常一样有力，阿雅如释重负地将头依在他宽厚的胸膛上，贪婪地倾听他急促的心跳。只有他，才能让阿雅感到安全。

他拉着阿雅的手，说："小姐，可以和我共舞一曲吗？"他总是这样发出邀请。

"好的……"阿雅点了点头，然后像往常一样笑了起来。

音乐声从他的体内淌出。和往常一样，阿雅随着他的节奏慢慢起舞。

他的舞步娴熟完美，阿雅完全不用在意什么，与他共舞就好像在水边漫步一般随意自如。很快，阿雅感觉自己和他一起融入了音乐的旋律之中。快乐的感觉开始产生，噩梦的黑色影子开始从她的体内退却……

"看，蝴蝶！"他说。

阿雅回首望去，看见几只色彩斑斓的蝴蝶也在随风起舞。

这些彩色的舞之精灵，在蓝天碧草之间无忧无虑地展现自己精彩的生命，在空气中留下它们的舞步，在草叶上印下它们的身影。

阿雅听见了自己的笑声。她尽情地随着他旋转，感到那个噩梦和它所带来的恐惧、绝望还有烦恼全都被一点点甩出了自己的身体……

登陆艇的门开了。飞舞着蝴蝶的梦破碎了，噩梦却与现实合为了一体……

天是黑色的，地是灰色的，而水……是红色的。

阿雅失望地看着熟悉的异星景色。山下，火红的岩浆依然在"河道"中缓缓流动，如同这星球的血液；远方，一些从前活跃的火山现在停止了喷发，却有些新的火山诞生了，喷出的柱状烟尘在稀薄的空气中久久不散……虽然现在还看不见太阳，这里也没有月亮，但遍布大地的耀眼的岩浆河使她可以看得很远……这是一颗被烈火所包围的行星，亿万年以后，它也许会孕育出生命，但是现在，这行星上只有两个生命……

阿雅迈开脚步在这地狱般的世界里行走着。细细的火山灰给予她赤裸的双脚的感觉通过传感器淌入她的大脑。这种感觉熟悉而陌生，自她来到这个恒星系起，她就比较喜欢这种感觉，有点像从前走在雪地上的感觉……

又有多久没有在这大地上漫步了？她想。难道又空等了好几十年吗？阿雅举头望了望黑暗的空旷星空，觉得自己问了自己一个傻问题。

阿雅继续慢慢前行，身后留下一串整齐的脚印，天空中不时飘下雪花般的火山灰，缓缓落入这些坑穴之中……

他在哪里？阿雅问。这些年他是怎么熬过来的？还是在阴冷的空间站守着她的冰棺枯坐吗？他还能坚持多久？自己又还能坚持多久？阿雅心中感到茫然。

进入山谷，阿雅首先看见了草地。

惊奇并没有因为他的出现而消失。阿雅顾不得与他交谈，打量着这片面积并不大的“草地”。

这片“草地”在不远处的那条岩浆河发出的火红光芒的映照下反射着金属的光泽，使它看上去如同罩在一片红绿色的光雾之中。

“喜欢吗？”他问道。

阿雅知道他的苦心，空间站上能利用的废弃金属材料不多……为了能够让自己嗅到久远往昔的气息，他肯定费尽了心机……然而一切都过去了，往昔不会再回来了，无可挽回了……

“很漂亮，我很喜欢，谢谢你……”阿雅望着他的双眼说。

他向她伸出双手，笑着说：“可以和我跳个舞吗？”

于是在黑暗的星空下，阿雅和他在异星的大地上翩然起舞。时隔多年音乐再次响起，阿雅有些生疏地追随着他的舞步，旋转着……不远处，翻腾的岩浆在为他们伴奏。

阿雅突然感到有些悲伤。他竭力为她在现实中重现梦中的好时光，可现实还是什么都没改变……她想哭泣，可她记起来自己已无法再流泪了。阿雅抬起头，用求助的眼神望向他的双眼，她相信，他能让悲伤远离。

他果然看出了她的哀伤。他伸出手轻抚着她的脸，似乎要为她抹去没有流出的泪水。“坚强一些……”他轻轻地说，“看那里……”他转过身。

阿雅已经看见了。那几只蝴蝶在金属的草地上空飞得很不自然，以现有的材料和零部件，他实在无法让它们达到乱真的地步……不过阿雅已经很满足了，他确实值得她爱……阿雅不喜欢甚至害怕这个地狱般的世界，但她从没后悔过选择和他一起来到这里。

阿雅和他共舞了很久很久，直到阿雅感觉自己体内沉睡了数十年的热情彻底燃烧充分了之后，她才示意他停下。

两人站立着，无声地欣赏着那些“蝴蝶”的舞姿。

这些结构简单的小生命，在这根本没有鲜花的地狱中懵然地迈动着创造者所设计好的舞步，不知疲倦地飞着、舞着，它们会一直把这支对它们而言意义莫测的舞蹈继续到它们生命的终点。

其中有一只蝴蝶不知为什么，对那岩浆之河发生了兴趣。它翩然飞到了岩浆的上空，盘旋着，似乎那里有什么东西很让它向往……

可怕的热力终于成功地破坏了这只不同寻常的蝴蝶的身体结构，它猛一下中断了舞步，坠入了熔岩之中，化为一道爆炸的闪光。

阿雅轻轻地惊呼了一声。但只是一声，然后再没出声了。

他也没有出声。

两人默默地看着火红的熔岩慢慢地改变它的面貌。

过了许久，他说道：“阿雅，你真不该跟我到这里来的……你本可以重新融入人类世界的。”

阿雅摇着头说：“不，我的选择没有错……”

“不，你错了，你和我们不一样，你本来就是人，只要你自己努力，他们还是会接纳你的。”

“接纳了又能怎样？”阿雅漠然地说，“被接纳的代价就是不能再和你在一起……”

他沉默了。这是无话可说的问题。本来人类和电子仿生人的关系是不错的，人类需要他们为自己工作。但随着电子仿生人的智力不断接近人类，甚至达到人类连感情也无法垄断的地步……人类终于接受不了他们了。虽然人类和电子仿生人各有一部分成员竭力挽救，歧视还是势不可当地蔓延开来……人类离不开仿生人，却尽量防止他们进入人类的生活。在他和阿雅离开太阳系的时候，没有几个人敢尝试从仿生人那里获取爱情和友谊。

“我说过了，我不会后悔的。”阿雅说。尽管时间已经过去很久很久，她依然清楚地记得自己因出事故而不得不换用仿生人的躯体后所遭遇的一切……那是没有人会愿意回想的往事。

而且阿雅对人类也没有多少信心。她看见过太多恋人拥抱时那空洞的眼神，以及饭店里直到用餐结束也不交谈一句的夫妻们……相比之下，他的双眼是火热的，他的心是滚烫的，他的拥抱是有力的。阿雅知道对他而言自己就是他最宝贵的东西，他不会为了别的东西而放弃她。这一点，阿雅不敢对人类抱有任何幻想。“这里虽然可怕，但总比活得虚妄好……”阿雅放眼黑暗深邃的星空，回想从前的幸福时光。

她的工作是在这个恒星系守护收集恒星能的反物质生成器，为过往的星际飞船提供能量。这种宇宙灯塔守护人一般的工作，是没有人肯干的，从来都只有电子仿生人独自承受孤独。然而阿雅知道，这里就是她和他逃离空气日益紧张的地球、躲避人类歧视的眼光的最好去处。事实证明她没错，她和他在这里同甘共苦，共同排除危险，迎接来来往往的星旅浪客……生活变得简单而明快，在忙碌之余，她感到前所未有的充实和愉快，心中再未感到那难消的块垒，只因为这里没有鄙夷和敌视的眼光……

阿雅望向太阳系的方向，忧伤地说："他们到底还是没有学会如何相安无事地生活……"事情通常都是这样的，歧视导致仇恨，然后就是冲突……双方的战争没有持续很久，她和他只收听了97天的战争新闻，就再没有本土的任何信息了……阿雅不知道散落于银河的各个殖民地是否也消失在战火中了，总之，她再也得不到文明的信息……阿雅想不到一切就这么结束了……

"不知道文明什么时候才会恢复元气……"他说着，声音有些低沉，"储备的一次性不可替代零部件已经不多了……"

阿雅眉头微微一皱，这确实不是个好消息，电子仿生人和机器人不一样，系统一旦中止运行，他的人工脑就会坏死……的确如此，没有了根，曾经盛放于银河之中的文明之花就将慢慢枯萎、凋谢……虽然早有思想准备，阿雅还是感到一阵恐惧和凄然。

"风吹来，烛火就灭了，世间万物的结局都是如此……"阿雅轻声念着这句她已经记不清从哪里看到的话，心情渐渐地平静下来。相对于本土的亿万生灵，她认为自己已经是够幸运的了……

"算了，我不想再用沉睡和记忆来逃避了……"阿雅望向他的眼睛，"想不想和我一直跳舞，直到我们的末日？"

他缓缓地摇着头说：“不……”

阿雅没有想到他会拒绝，一时呆在原地。

“你和我不一样……”他说，“你是人，你可以借助冬眠器将一昼夜延长为上百年……这是我们唯一的机会了。”

阿雅望着他，说不出话来。

“事情看来比我想象的要严重得多，我们必须做好准备迎接时间的挑战，这场战争也许将漫长得超过我们的想象……如果我把所有的配件都给你，你就能坚持许多许多年，或许能等到得救的那一天……”

“那你呢……”阿雅问。

“我将死去……”他冷静地说，“好让你活得更长久……”

阿雅突然感到前所未有的虚弱和孤独，在这酷热的大地上，她竟然感到寒冷。“不，我不要这样……”她摇着头，不接受这样的现实。

“我们没有选择的余地，”他说，“冬眠器只有一个，并且是专为你做的……如果任我毫无意义地消耗掉宝贵的配件，你将很可能失去得救的机会……”

“可是没有了你，我得救了又有什么用呢？”阿雅大声说，“如果我可以独自生存，我就不会和你来到这里了……不，你不能只留下我孤零零的一个人……”

“不要这样想……”他伸出双手握住阿雅的右手，“现在我们的生命已经不能由我们自己来决定了。我们有义务告诉后来的人，他们的祖先曾经创造了些什么，又犯过什么样的错……这件事，总得有人来做啊……”

阿雅吃惊地看着他。

“是的，这件事很重要……”他知道阿雅想说什么，“我们的文明不属于人类，也不属于仿生人，它属于……宇宙。我们有责任不让它毫无声息地消失在黑暗之中。”

阿雅无言以对，她知道自己反驳不了他，因为他说得没有错。

过了很久，阿雅才开口说：“你真自私……真太自私了。为什么你要留下我一个人独自承受这可怕的重担？你知道吗？没有你，我在这里独自生存将是多么艰难……你为什么要这样啊？”她连连摇头。

“因为我害怕……”他说，“我觉得我快支撑不住了……每当你沉睡于美好往昔的回忆中的那几十年，时间对于我来说简直像毒药一样，而我连以走动来缓解压力都不敢，因为我要把身体的损耗降到最低……”他伸手抚摩着阿雅的脸，“我一向认为我是最幸运的仿生人，因为有一个人肯把爱给我……当你说要和我一起到这里来工作的时候，我简直不知道该怎么来报答你……我已经不能没有你了，如果让我留下，我肯定是承受不起的。你沉睡时，支撑着我的唯一信念，就是你还会醒来……我真的很脆弱。但你不同。你是人！你比我复杂，我相信你能够承担这重担的……相信我，这里发生的一切都只是梦，一个不值得记住的噩梦；而你的记忆才是真实的世界，我会在那里等你的……”他说不下去了，阿雅感到他的手在颤抖。

“再和我跳……最后一个舞吧……”他轻声发出邀请，“小姐，愿意和我共舞一曲吗？”这是他和她初次相见时所说的第一句话。那是一场平常但对他和她而言永生难忘的舞会。

“好的……”阿雅也像数百年前那样轻轻点了点头。随后，她发现自己忘了点什么，于是，她命令自己微笑起来。

她和他又在这片充满烈火的大地上相拥起舞。那些蝴蝶为他们伴舞。大地上留下了他和她最后的舞步。

在时间的汹涌激流中，他和她，还有那些蝴蝶，奋力尝试留下自己的

美好身影。

一只蝴蝶从空中坠落，跌入松软的火山灰之中，它的身影被淹没了。在这地狱之中，它们简单脆弱的生命难以长久，宇宙射线使得它们的生命只有数小时的精彩。

一只又一只蝴蝶坠落到大地上，如同泪珠滴在阿雅的心头。

终于只剩下他和阿雅了，他们仍在跳舞。

这是阿雅唯一一次和他越跳越感到悲伤的舞，但她依旧流不出泪水。

回到空间站，他最后一次送她进入冬眠器，那里有美好的往昔世界……在仪器的帮助下，她将只会进入美好的回忆之中，不会有烦恼，充其量只会依稀记得，自己夜里似乎做过一个噩梦……

冬眠器开始启动了，阿雅最后看了一眼他的脸，那是一张微笑着的脸。

当阿雅再次醒来后，她很快就找到了他——在 间真空的舱室里。

他直接破坏了自己的人工脑……阿雅检查了一下，发现真空的环境很好地保护了他的身体，所有配件均可继续使用。

阿雅小心地分解了他，将所有宝贵的配件仔细地收藏好……这些都是他用生命换来的，她格外珍惜，她将最后才使用这一批配件。

阿雅乘登陆艇来到一百年前和他共舞的那个山谷。

然而一切都变了，没有了蝴蝶，看不见那片金属的草地，甚至连那条岩浆河也消失了……这里已找不到往昔的舞步。

阿雅在这片火热的大地上独自起舞。她感到孤独、感到寒冷，但她答应过他要坚持下去，她会做到的，因为这是报答他的爱、他的牺牲的唯一方法。

以后阿雅会每隔一昼夜就来此地独自起舞，直到她获救的那一天，或者她的末日。

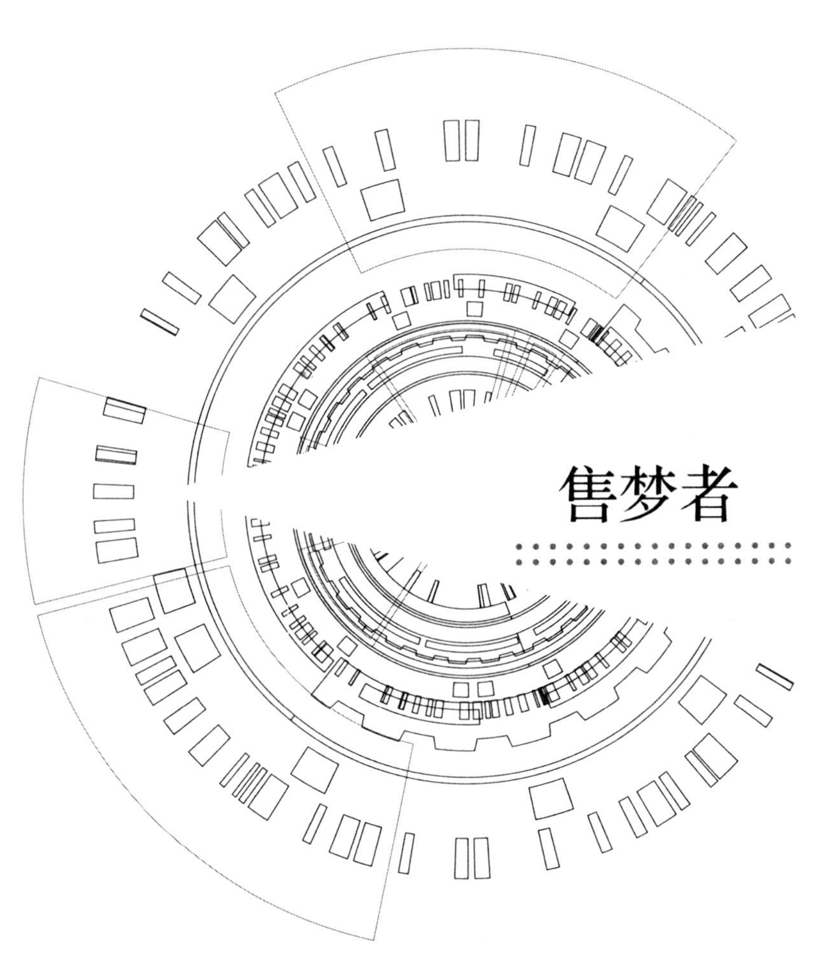

# 售梦者

# 一

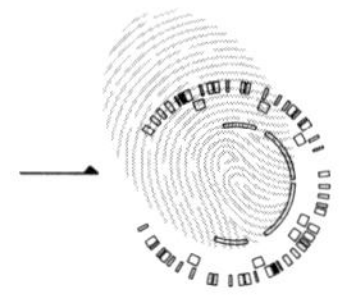

长空寥廓，一片朗然。我抬头认真看了看，没有找到一片云彩，六月的阳光毫不费力地洒满大地。沐浴在阳光之下，这座庞大的自然公园显得生气勃勃。

现在我的视野之内除了蓝天，便是绿色草坪，宽阔得令人感到寂寞。远处的树林，浓密得给人以深不可测之感。这座公园大得惊人，我估计要绕着它走上一圈非从日出走到日落不可。虽然如此之大，但是从未显出失控的迹象。这公园名为自然，其实并不自然。在这儿，自然的力量被恰到好处地控制在不致对人造成伤害的程度之内，绝不会滋生毒虫猛兽，断不会让过于茂盛的茅草扎伤人的皮肉，人的力量早已将自然界驯服得非常听话了。

我深深地吸了一口气，肺叶扩张的快感令我惬意地闭上了双眼，感到浓郁的草香正在渗入血液，沁入心脾。

我吝啬地轻轻呼出肺叶里的空气，将后背顶在长椅的靠背上使劲伸了个懒腰。真舒服，我感到全身每一个细胞都浸泡在松弛舒畅的感觉之中。很多天以前我就渴望到这里来享受一下松弛和安宁，但直到今天才得遂心愿。真是不容易。

我将手伸进身边的食品袋里，里面的爆玉米花已经不多了。我抓出一把撒在草坪上，七八只雪白的鸽子像伞兵一般降落在地上，开始啄食起来。我又抓了一把给自己。爆玉米花我自小就爱吃，现在一吃它就想起小时候的事，那时候可真是无忧无虑啊……

然而那些日子已经一去不回头了，自从我真正步入坚硬的都市，生性柔软的它们就离我远去了，只留给了我一些记忆的碎片。我抬头望了望天空中的太阳，一阵怅然涌上心头。盛宴终有散时，纵然松弛与安宁还有回忆是那么令人留恋，当太阳落山之时，我还是必须离开它们，回到我所居住的那座宛如巨大蚁冢般的都市中去，继续生存……

可是我打心眼里根本就不想回去。一旦踏上那坚硬的水泥地面，我就感到双肩滞重，似乎那儿的空气都沉重异常，沉重的压力无时不在、无处不在，令我举步维艰……只消稍稍想象一下，就会明白，在将近4000万人猬集一起的巨型都市里，谋求生存是件多么不易的事。都市化是历史潮流，生产力的不断进化最终淘汰掉了乡村，而太空资源的大规模开发也挤垮了本土传统工业，人们纷纷拥入大型都市中寻找机会谋求发展，结果小城市和乡村几乎绝迹，大都市却越来越大，人口上亿的超级大都市已然出现。这么多人拥挤在一起，生存的压力之大可想而知。

尤其麻烦的是，如今这个时代，创造财富的任务实际上已被机器所包揽。在日新月异的智能机械的冲击下，人类从各个行业节节败退，业主们若不是慑于法律之威，只怕连一个人也不肯雇用。大多数人可以说已经被排除在了经济结构之外。可是，俗话说，每个人都得劳动才能活下去。这句话当然没错，每个人都在拼命努力。如今的行当真是五花八门、无奇不有，只要有需要，就会有人发明出满足这需要的行当，几乎什么都可以用来交易……就拿我来说吧，我以出售我的梦来求得在都市中生存。

每年我必须售出七八个梦才能保证衣食无虑。幸运的是，自从我20岁时干上这一行，每年“收成”还过得去，最好的那一年，我曾售出了21个梦。那是我23岁那一年。那年我体内激情充溢，总觉得未来之路的前方，希望之光在清晰无比地闪烁，因而做的梦也饱含激情、美妙动人，因而卖得很顺畅。不过当时我还未悟出激情是不可靠的这一真理，只以为自己是天才，将来事业会更顺利，因而很是大手大脚了一阵子。等我认识到这不过是一种错觉后，钱已所剩不多……好在后来我终于掌握了做出合乎要求的梦的诸般诀窍，谙熟了这一行当的规律门道，可以不再依靠激情来做梦了。毕竟现在我已是而立之人，已明白要活下去，只有不断学习、掌握、控制、利用……

装爆玉米花的袋子见了底，于是我端起放在身边的纸杯，仰头喝光了杯中剩余的碳酸饮料。该回去了，都市生活固然艰辛，但除此以外，我也没有什么别的选择，即使心怀不满也解决不了问题。回去吧，那儿才是我唯一现实的生存之地，我早已学会适可而止、收放自如，轻易不会为留恋之情付出什么了。

我站起身，将食品袋口朝下抖了几下，把幸存的几粒爆玉米花和碎屑尽数留给鸽子们，然后把空纸杯放入空食品袋，揉成一团扔进垃圾箱。再一次深呼吸之际，我回首四顾，打算最后再让我的视觉神经享受一下。

然而我的目光就此被攥住。

## 二

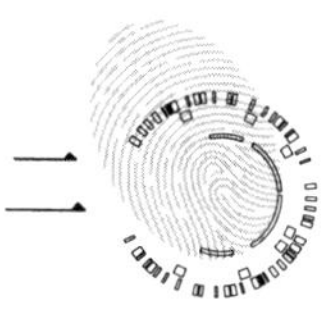

我将刚买来的果汁汽水放到人造大理石桌面上，然后坐到石椅上。桌

上，两只纸杯彼此沉默地面对，而它们的主人也彼此沉默地面对。

我注视着对面的女子。这女子气质不俗，二十五六的岁数，黑色长发披肩，身上穿着一件整齐得棱角分明的海蓝色西服套装，颈上戴着一条细细的银色项链，侧头望着远方，眼神若有所思，似乎心事重重。通常人的侧面像是最美的，可以掩饰脸型的缺陷，而她很有眼光地选用了一对淡雅的单穗式菱形人造水晶耳环，所以很快就令我对自己心跳的频率失去了把握。心脏无规律地悸动令我高兴，心灵的这种跃动之感一直是我可遇而不可求的，这种感觉非常宝贵，我得好好利用它……我瞥了一眼她的双手，十指纤纤，没戴戒指。

对面的女子终于不再对我的注视置之不理了。她转过头，迎住我的视线，回望着我。

我们就这么相互注视着。

“看见了什么？你。”她突然开口问道，声音轻柔好听。

“孤独。”我说，然后反问她，“你又看见了什么？”

“不怀好意。”她说。

我嘴角一缩笑了一下。她的正面像也很好看。“不怀好意的人也会孤独。”我说，“能和我聊一会儿吗？”我向她发出请求。

“想聊天？上网去吧。”她说。

“那么给我你的网址吧。”我望着她的双眼，笑着说。

她无可奈何地叹了口气，说：“好吧……你想聊点什么？”

“不知道……”我说的是实话，“我一直想和什么人面对面地聊上一聊，可我总也不知道该聊些什么，我也不明白这是怎么了，或许，我过于孤单了一点吧。”我叹息一声，垂下双眼，盯着桌面上云雾一般的纹路。

“你这孩子，病得可不轻呢。”她的话轻轻飘入我的耳中。

我抬起眼皮，说道：“你愿意给我治病吗？”

“这方法好像不怎么高明。”她摇了摇头，笑着说。

“很抱歉，我就只会这一套。”我也笑着说，“你愿意替我……治病吗？”我再次发问。

“乐意效劳。”她说，然后又不出我所料地说，“但是今天不行，我没时间了，我得回去了。”说完她站起身来。我觉得空气都因她优雅的身姿而为之一颤。

“那么，改天行吗？”我伸手向她递过去一张名片，“帮帮我吧，我需要你……的帮助。”我的手和名片凝固在空气之中，我的眼神充满真诚的渴求。我希望这是我最为真诚的眼神……希望如此。

她犹豫了一下，还是伸手接过了我的名片，看也不看就顺手扔进她的手提包里，就仿佛那名片是她自己的一样。

她的背影亦十分动人。我的目光随她而动，不愿移离。等她消失之后，我就对自己说：行了，你也该回去了。

## 三

现在是夜晚。我总觉得夜晚的城市笼罩在一种冰冷璀璨的光芒之下，但我一直无法将这都市想象成一颗闪烁在无边的黑色绸缎上的硕大宝石，

轻松的郊游亦无法令我做到这一点。

不远处就是我所居住的街区。那上百幢摩天大楼在夜色中分外显眼，那些亮着灯的窗口使这些庞然大物看上去颇似鳞片斑驳的巨鱼，它们身体上的光芒咬破了黑夜，使黑夜更为破碎。这种百余层的摩天大楼夜晚看上去还比较壮观气派，但白天不行，在阳光下，这种粗制滥造的大楼完全无法掩饰它简陋粗糙的狼狈，看上去就令人丧气。从前，摩天大楼曾是地位与财富的象征，但现在，它的身价一落千丈，成了贫民区的代名词，里面塞满了闲暇时间过于丰富的人。

这种大楼的建造方法真可谓“萝卜快了不洗泥”。每套单元房都是在自动化工厂预先制好的，届时只需用直升机吊运到打好的地基上，一层层“码放”好、固定好，再将各种管道线路连接好，就成了。它除了成本很低，别无优点。这种租金极低的公寓楼是政府的福利制度的产物，好歹也算让街头的无家可归者数量降到了最低限度。平心而论，政府当局已为广大百姓的生计问题忙得焦头烂额了，并且也还颇有成效，但是怎么也没法彻底解决问题，而只能竭力进行补救。这是这个时代的痼弊，将来或许会好起来，但不幸身处此时此地的我们除了忍耐别无良策，只能艰难地在生存之河中竭力逆流而行。

回到我那间位于第52层的狭小公寓里，我也不开灯，就借着从窗口透进来的对面大楼发出的光，坐到了沙发上，墙上映出我头部的影子。我在认真回忆这一天的经历。在没有灯光、没有音乐、没有笑声、没有饭菜香气的幽暗冷寂之中，白天的记忆一遍又一遍在我脑中穿行。我希望今夜能收获一个可以出售的梦。

收集梦的仪器就安放在我那张水床旁边。它的工作原理并不复杂，就是将人的大脑的放电方式巨细无遗地扫描下来，然后将这些电脉冲信号转换成数码存贮起来就成了。说白了，这种仪器就是完完整整地将人在睡眠时的大脑活动全部记录下来。对于梦——人类唯一可以反复出入的天堂或地狱，它都可以代为保存。需要重放时，只需通过特殊的信号输入装置将那些数字信号再转换为电脉冲信号输入人的大脑神经网络，就可以故梦重游。因为它的发明，“售梦”这一行就诞生了。

可不要小看了我们这一行，现如今它已称得上一种支柱产业了，因为现在人们对梦的需求欲很旺盛。一般说来，有什么样的心情就会做什么样的梦，心情郁闷之人做令人压抑的梦，悲哀之人做伤心欲绝的梦，只有心情愉快的人才可能做美梦。可如今这时代绝非令人心旷神怡的时代，人们的生活因承受着越来越大的精神压力而沉重异常，美梦于是成了稀罕的东西。至少我们提供的美梦能使人们在夜间心情愉快，因而销量一直很可观。人们已认识到了美梦确实有益身心，医学和心理学研究也证明，好梦存在着很大的情绪鼓舞作用。好梦可以促使大脑脑干中央部分的网状神经结构的蓝斑分泌出大量的去甲肾上腺素而使人的情绪兴奋舒畅。人体自然分泌的去甲肾上腺素具有强烈的兴奋作用，不仅可以使神经活动处于积极活跃的状态，而且可以导致丰富情绪的引起，因而梦可以帮助人们从各种不利情绪中超脱出来。目前，很难有能取代售梦业的娱乐方式，因为梦中的情绪体验极为独特，在梦中，人一般很难意识到自己在做梦，因而能无比投入。时至今日，美梦已成为人们生活中如油盐酱醋一般的必需品，它所带给人们的乐观情绪是社会稳定的重要保障，很难想象没有美梦的世界会是什么样子。

当然有人旱路不走非要走水路，所以噩梦也有些市场，不过市场不大，因为有钱人从来都是少数。普通人的生活已不比噩梦强出多少，怎肯再花钱买罪受？莫名其妙、不知所云的怪梦也有点市场，只有平淡无奇的梦没有销路。说到底，要刺激得顾客的脑干分泌出足够的去甲肾上腺素，这是硬指标。

我起身走进我的那间狭小的卫生间，打开灯。明亮的灯光刺得我几乎睁不开眼，我赶紧调小亮度，就着昏黄的灯光洗漱起来。

洗漱完毕，我的眼睛也缓过劲来了。我打开房间里的灯，走到书桌前，拿起药瓶开始吃药。干售梦这一行，没点儿手段是不行的，我们都吃些这样那样的药丸帮助做梦，这是行业传统。从前疯了傻了的人当然比现在多，因为我们已从他们身上吸取了经验，用药准确多了。我所吃的药丸是双层结构的，外层为镇静剂，可令我快速入睡。外层溶释完了，内层才开始溶释，它是一种抑制剂，可抑制脑干中线处的“缝核”细胞分泌释放具有致睡作用的5-羟色胺，从而使大脑活动活跃一些，有利于做梦。至少现在我还没发现有什么后遗症，至于将来……管它呢，将来再说吧，反正人都是要死的，没有任何东西可以永存于世。

我换上睡衣，上了温控水床。温乎乎的水床柔软至极，让我觉得全身连皮带肉外加灵魂都飘浮在空中一般。我们这种人对睡眠环境是颇为讲究的，不能轻易让外部刺激干扰了我们的造梦作业。

我将扫描仪在头上罩好，仰望天花板，回想着白天的郊游，不一会儿我就想到了公园里那个气质不俗的穿西装的女子。我会梦见她吗？在梦中我将怎样与她相遇……

# 四

第二天起床后，我发现自己已经错过了欣赏火红朝阳的时刻。无所谓，朝阳还会有的，我的时间还有许多。

我一边洗漱，一边将扫描仪收集到的梦境数据输入我的计算机，计算机里有种程序可将梦境转换为可以看得见的图像。这技术的原理说穿了也不值钱，就是让人先看某种物体，同时使用计算机分析其由视觉产生的脑电反应，再转换成数字，进而转换为点，组成图像，通过仔细对比图像与真实物体的差异来不断修正电脑程序。如此反复揣摩试验，终能编定正确的程序，可自动将人的脑电反应绘成图像。不过，这种方式只对人的形象思维起作用，对抽象思维就行不通了，并且浮现出的图像很是粗糙，只能勉强看明白其内容，以便供人审评、剪辑、整理。

我三下五除二地凑合了一顿早饭，将它端到电脑显示屏前，一边吃，一边观看昨夜我所收获的梦。我并不抱太大的希望。十年了，我已经不是初出道的毛头小伙子了，早已习惯了失望，失望是正常的，收获才是意外之喜。我想大多数人都有同感。

果然，昨夜一无所获。所做的梦统统紊乱不堪，一盘散沙，有的有头无尾，有的支离破碎，几乎都是些意思不大的片段，连一个脉络清晰的都没有。那个西装女子倒是出现了一次，但也只是一闪而逝。看着这些杂乱无章的梦境，我照例颇为惊奇。这些梦我现在根本回忆不起来，难以想象它们全部诞生于我的大脑。

整个上午，我坐在电脑前反复看那些梦，但总觉得意思不大。临近正午时分，我索性将它们全部删除。就这样，昨天消失了，再无踪影可寻。没有什么，一个毫无价值的日子，分文不值。我早就想明白了，人的生命没那么值钱，而且正变得越来越不值钱，所以我不感到遗憾。

中午，我照常到第60层的社区食堂吃了份廉价午餐。这种食堂每幢大楼都有十来个，也是政府福利政策的产物，保本微利，亏点也无妨，它不遵循利润最大化原则，因为它完全由智能机械管理，只服从政府的命令而不服从于利润。机器是没有难填的欲壑的，但是它们一旦落入贪婪的人手中，就也变得无比贪婪。

下午，我在网上四处搜寻以前的老影片和旧小说。切莫以为这些老影片和旧小说陈旧不堪，事实上绝大部分如今的人们从未看过，如今每年生产出的信息铺天盖地，人们哪有工夫念旧怀古?

不过我有这工夫。接受的信息越多，越容易做出丰富多彩的梦。我平日大部分时间都用在阅读、观看这些玩意儿上了。经典之作我不常看，因为我不需要深刻之作，只需要能刺激我的东西。我有经验，观看暴力、激烈、怪诞的片子后做的梦往往最生动、最富有想象力。十年了，我早锻炼出来了，不管这信息多糟、多令人反胃，我都能全身心投入进去，这并不困难，只需将自己的心训练得非常听话就成了。我从不考虑别的什么，只要做出的梦能卖掉就行。

干售梦这一行，形象思维能力至为重要，必须将文字尽可能细致地在大脑中转换为图像。我一直能做到全身心地投入小说之中，结果往往觉得

时间走得飞快。这天下午，我只看了一部旧片子和一本不怎么长的小说，天就快黑了。于是我赶紧去食堂吃饭。这就是我的生活，一切围绕着梦转，梦就是一切。对我而言，白天不重要，夜晚才重要；现实不重要，梦才重要。我不在乎生活有没有价值与意义，只要能活着就不错啦！

吃完饭，我再接再厉，努力忍着恶心继续“欣赏”那些文化垃圾。也许在今天夜里我就能收获一个将旧小说与老影片的情节“元素”重组了之后的梦。折腾到晚上十一二点，一天就结束了。

## 五

电话铃响了。

我正在犹豫是否将手头的这个梦删除了事。近来我运气实在不佳，夜夜落空，连着一个多星期颗粒无收，连个像样的片段也没有，真是中了邪了。好像我的判断力也跟着受了连累，这时竟下不了决心杀掉这个没有什么创意的平庸之梦。

移动电话帮了我的忙。它叫唤到第四遍时，我一狠心下了毒手，然后腾出手抓起电话。

“还记得我吗？”一个女子轻若耳语的声音轻触着我的耳膜。

“对不起，您是……”我一时没反应过来。

“医生。”她停顿了一下，“怎么？病好了没有？”

“呃，是你呀……”我心中一动。

“想起来了？”

“当然，印象深刻。”我说，“有什么事？”

“没有什么事，只是想……和你聊一聊。”

“乐意奉陪。”我吸了口气，“不过……”

“现在没有时间？”她似乎已准备迎接失望。

我笑出了声，说道：“你上当了，我有时间。在哪儿见面？”

她报出了一家餐厅的名字。

“好，等着我。”

一声叹息传入我的耳中：“我真不知道能不能治好你的病。”

“你能行的，我不会看错的。再说治不好也没什么，凑合着依然能活下去。别叹气，要有信心。”我说。

“对……你说得不错。我等着你。”

挂断电话，我的心仍在跳动不止。我没想到她真会给我来电话，这可是很难遇上的好兆头，我不能够放弃，然而……我的心里有点乱。

## 六

“对不起，我来晚了。”我在她的对面坐定，“我不太会收拾打扮，费了太多时间。”

“没有关系，”她脸上似乎有表情，又似乎没有表情，“时间太多了。”

点完菜，我们开始聊起来。

“嗯……你告诉我，我为什么要给你打电话？你来说说理由。”她用指甲轻磕着桌面，望着我说。

“啊……我想是这样的。”我舔了舔嘴唇，“因为我们从前曾经相识，经常在学校图书馆幽会，彼此都中意对方，并彼此有了承诺。然而后来你患上了记忆健忘症，于是忘却了承诺，忘却了我。可是在我的不断呼唤之下，你的记忆之光终于再次闪现，于是你尝试着想找回从前。要我说就是这样。”

她笑了笑，说：“你倒蛮会编故事的。”

我也笑了，说：“那是自然，我以此谋生。对了，你是干什么的？”

“我在从事一项非常古老的行当。”她这样回答。

“啊……值得尊敬。”我随口说道。

## 七

吃完饭出了餐厅，我们已俨然成了一对老熟人。席间我们畅所欲言，天上地下古往今来地谈了许多，尽管我们差不多对所谈的任何一件事都难以施加影响，但彼此的看法出奇地一致。这就足够了，我要的就是这个。

相同的看法迅速将我们拉得很近，我已可以和她并肩漫步于大街之上了。

我们慢慢地走着。可能是刚才谈得太久，这会儿都默不作声，于是我将注意力放在了别的地方。我看见远处的楼群沐浴着夕阳，橙黄的阳光在它们身上燃烧。壮丽的景观令我心胸大为开阔，我已好久没在街上散步、没看到过这样的景观了。风穿过她的长发将她的香味拂到我的脸上，不知为什么，我一下子想起了小时候的事。小时候我放学回家时，就经常这么在大街上行走，偶尔买点零食，假日快要来临时，我的心情就会无比舒畅……心脏的悸跃令我眼眶发热。

“喂，”她突然用胳膊肘碰了我一下，“陪我去玩玩实感虚拟游戏好吗？”

“嗯，”我回过神来，“可以，没问题……不过我的水平很糟，只怕成不了你的好搭档……”我想起来我已经好久没玩过这种游戏了，可小时候，我曾费尽心机为它而积攒零用钱呢。

“没关系，有我呢。”她眉毛一扬，满面生辉，“没什么可担心的，这游戏妙就妙在它里面的失败是件无所谓的事。”

我点了点头，在梦的领域里也是如此。

“来吧，跟着我学，你会喜欢的。”她一把拉住我的手。

于是我随着她来到了一间游乐厅。

游戏情节是老俗套：我们为了完成一项什么使命，必须挥刀扬斧与强壮凶恶的敌兵或怪兽搏斗，必须费心破解复杂的机关，历经艰辛奋力前进。这是一片简单的天地，我们都有明确的使命，不必茫然亦无须彷徨，自己知道该干什么，只管挥刀砍杀便是。这里没有复杂的生活，也没有它带来的压力，只要有足够的力量和技巧，你便可在此处游刃有余地应付一切。真是简单，我喜欢这儿。

她果然是个高手，陷阱和机关骗不了她，出招更刺得人眼花缭乱，大部分敌人都是被她那柄利剑勾去了魂魄。而我则被搞得狼狈不堪，上来三四个敌兵我就手忙脚乱，到头来只得向她大喊救命。完全是她在控制局势，夸张点儿说，我简直是在被她拖着前进。受女人的保护，这种感觉我还是头一次体验。

不过很快我就喜欢上了在这儿当个弱者。她实在棒，较之砍杀虚幻的敌人，看她挥剑战斗更有意思。全身披挂银色盔甲的她，飘逸潇洒、英气逼人，出手流畅华丽，充满美感，令人着迷。我常常因为只顾看她杀敌而被敌人砍得鲜血淋漓……不过这也不要紧，继续付钱就行了。在这个地方，只要肯付钱，时间可以倒流，死者可以复生，真正是金钱万能。

很快我惊异地发现她似乎与那些虚幻的敌人有着不共戴天之仇。一场战斗打完，她总是要余兴未尽地咬牙咆哮着扑上去，举剑冲着敌兵的“尸体”乱捅一气。等我们冲进敌方老巢，大费一番周折将那大头目剁翻在地后，她高兴地大叫着，冲上去挥剑将他碎尸万段，那场面看得我瞠目结舌。

“真痛快！”出来之后，她深深地吸了一口夜色中闪光的清凉空气，高兴地说，“好久没这么胡闹过了，真是快活……喂，谢谢你了，谢谢你陪着我这么胡闹。”

“不用客气，我也有同感。”我也深深地吸着气，从未发觉夜晚的空气会是这么清新，“我也感到很痛快。有些日子没这感觉啦。”

“那好，改天咱们再好好玩它一场？”她望着我，笑着说。

“当然可以。”我说，“不过，你刚才可够吓人的，干吗下手那么狠？死了你也不放过？”

“解气呗。”她随口说，“我玩游戏就图个痛快解气，若在游戏里还不能随心所欲，非憋出毛病来不可，日子简直熬不过去了。”

“还是你聪明。”我赞道。不过我不知道是什么样的压力把斯文的她弄得内心充满了腾腾杀气。看来我过得还不算太坏。

“要我送你回去吗？现在很晚了。”我望着她小心地说。

“谢谢了。”她微微一笑，轻轻摇了摇头，“不必为我担心。嗨……小意思。”

我怅然若失地望着她的身影消融于夜色之中，心中突然感到空荡荡的。转身回去的时候，我认真地回忆，回忆这奇妙的一天。

## 八

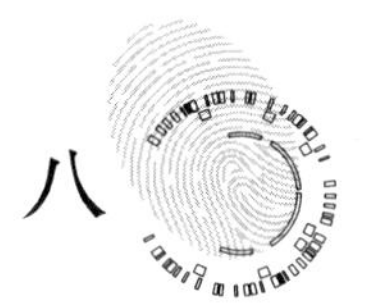

移动电话又在叫唤了。

我愉快地放下手头的美梦，抓起电话。

“喂，今天有空吗？”

“当然有。”我说。

“我是说整整一天。”

“一天？喂喂喂，你又要到哪儿去？”这两个多月下来，我发现她实在是个贪玩的女子，拖着我满城到处玩。我们在以前从未去过的街区散过步，在城市另一头的高楼之顶喝着啤酒观赏过迥然不同的都市夜景，在陌生的社区小公园里聊过天……若不是遇见她，我想这些地方我只怕一辈子也不会来，更没有如此的兴致来享受它们。这两个多月来，世界似乎悄然发生了一些改变，阳光的强度，风的气息，时间的流速，乃至温度、声音、重力，都与往日的体验不相协调。我果然没有看错。

“我想去咱们头一次见面的地方玩一趟，和你一起。我已经在城里逛腻了。你说呢？”

“可以，随你，你想去就去吧。再说我也不讨厌去郊外玩。”

“那就这么说定了，我在老地方等你。”

声音消失了。我起身一边用自动剃须刀咔咔作响地剃胡子，一边将工作设备收拾了起来。近来我已可以不必再为工作而操心了，这两个多月来我一发不可收拾，接二连三收获了不少美梦，每天都忙得不亦乐乎，小说和垃圾电影几乎不看了，光是观看整理夜间收获的梦就够一天忙的了。这段日子我的创作力比23岁那年还要旺盛。当然，她的邀请我一定不能拒绝，再忙也得抽出时间陪她去玩。我在心中很是感激她，真的十分感激。但是我爱她吗？不知道，真的不知道……

尽管两个多月下来我已对她的喜好和年龄了如指掌，但我仍没有能够深入了解她，我至今不知她姓甚名谁，住在何处，有何亲友，到底以何谋生求存。她不说，我也不问。她对我的了解程度也是如此，我们似乎都在小心地保存着彼此的秘密。我不知道她是因为什么而这样，反正对于我的原因，我永远不会向别人诉说。

收拾停当，我穿好衣服，梳了梳头，开门乘电梯下楼，走出了这个巨大而冷漠的立体容器。

# 九

“鸽子哟，吃吧吃吧，尽情地吃吧，别客气。”她像个小女孩似的咯咯笑着，将手中的爆玉米花一粒一粒地抛给在草坪上一摇一摆地踱着步、嘴里发出“咕咕”轻叫的鸽子们。今天她穿着一件浅蓝色的短袖收腰连衣裙，耳环和项链也没戴，头上却多了个银闪闪的大发卡，所以今天她给我的印象与往日不同，让我觉得她活泼又可爱。

她又抓了一把爆玉米花。她和我不同，我是抓一把一下子全撒了出去，而她却是一粒一粒慢慢地抛给鸽子们。得到了食物的鸽子埋头专注地啄食着，嗉里空空者则有礼貌地耐心等待着。真是有风度的生物，我想，比人类优秀多了。

我放松全身靠在椅背上，遥视远方，却并未观赏什么。我觉得心情舒畅极了，就仿佛有股温泉在胸腹间流淌，真是享受。我闭目贪婪地品赏着，知道现在每一秒钟都极为珍贵。

当我睁开双眼时，我发现她也双眸凝滞，望着鸽子在发呆。

我轻轻拍了拍她的手肘，说道：“在想什么呢？”

“我在想……我妈妈。”她回答，眼神依旧一动不动，“她对我……真太好了，她是这个世界上我最亲的人……”她的声音仿佛来自很遥远的一个什么地方。

“你什么时候带我去拜访拜访她老人家吧。”我说。

“她死了。”她的声音一下子回到我的身边。

“对不起，我……”我手足无措地道着歉。

“没什么……死并不比活着可怕多少……我只是在想，人死后有没有灵魂。”她转头望着我，“喂，你相信灵魂的存在吗？”

“很难说啊。”我轻叹一声，“不过，如果真有灵魂存在，我将会高兴地去死，因为那样我就有投胎转世再次选择的机会了，就不必只能等待别人来选择我了。多好啊。”

“可我觉得……妈妈最好别去投胎了，现在做人很难啊。”她将目光从我脸上移到鸽子身上，“做只鸽子多好。”鸽子们优雅地边走边点着头，脖子上的羽毛像水波一般抖动着，似乎对她的观点大为赞同。

我默默地看着草地上无忧无虑的鸽子们。

“我想她在那边过得会很不错的，至少，比我要好……”过了一会儿，她轻声说。

又沉默了一会儿，她向我问道：“你知道在这个世界上我最喜欢的是什么吗？除我妈妈以外。”

我心里一动，不由自主地激动起来。“我不知道，是……什么？”我期待着。

“是梦啊。”她说。

我的心脏猛地一阵收缩。

“梦就是自我的体现……”她喃喃自语，“这个美好的世界只是属于我自己的，它永远不会离开我。难以相信我的身体里还有这么美的东西，上帝真是仁慈……人生还有救，因为我还拥有它……我真想生活在那个变幻无常的伊甸园里……”

我无言以对。

她也不再自语。

我们一动也不动地坐在长椅上，静谧笼罩着我们，安宁包围着我们，草香一点点沁入我们体内。这时我觉得，还是活着好。

太阳一点点坠落，空气一丝丝变红。

突然，她将头靠到了我的肩上。

“抱着我。”她轻声说。

我大感意外，手足无措。

“冷。”她说，“我冷。”

“这才进九月份嘛……”我说。

“可我就是冷嘛……抱着我，好吗？”

于是我伸出手臂揽住了她。这是我第一次拥抱她，我心中一阵发颤，手也在抖动。

“哎，知道吗？”她扬起头对我说，“那天我第一眼看见你时，我就觉得你是个我可以信任、可以接近的人。你和我交谈时，我心里一点儿也不感到紧张，就好像在和一个多年的知心好友谈话，完全没有陌生感和防备之心。也不知道为什么，反正觉得和你可以畅所欲言，不用有什么顾忌。奇怪吧？对了，你呢，你见到我时在想些什么，嗯？”

“我吗？我当时在想……人生可真是灰暗、真是不公平，为什么我就没有这么漂亮的女朋友呢？也许我一辈子都不可能拥有这么美的妻子。”我觉得我照实说了。

她笑出了声。

我们抱得更紧了。

“现在我感觉到了。”她轻声地说。

“感觉到了什么？”我问。

她没有回答，却将我搂得更紧。

我默默无言地抚摸着她柔润的长发。

## 十

回到城里，天空已透出夜晚的颜色，我和她依然相互依偎着在街道上行走。空气中仲秋时节傍晚的气息令人怦然心动。我们慢慢地走着，我觉得每一步都如踏在波浪之上。

“喂，带我去你家坐坐。”她轻声在我耳边说。

这是她头一次要去我的家，在这样的时刻、这样的境况下，我无法拒绝她。

于是我搂着她向我所居住的那条“巨鱼”走去。

走进我那小盒子般的家，屋内光线甚暗，我正想开灯，她却予以制止：“别开灯。”

于是，我作罢。

她坐到了我的沙发上，我则坐到了床沿上。她坐下后就一言不发，我也只好沉默。

我们就这么在黑暗中沉默地木然端坐，对面大楼里的灯光将我俩的身影映在墙上。

房间里没有一点儿声音。这房子虽然简陋，隔音效果却并不差，沉默犹如永远不会融化的巨大冰块一般塞满了整间房子，擦面而过的时间都因此显得冷冰冰的。

突然，一种声音传入了我的耳中，这声音轻微得如同从冰块间的缝隙渗过来一般。我仔细倾听，听出是抽泣之声。是她在哭泣。

她像个小姑娘似的抽抽搭搭地哭泣着，间或夹杂着“妈妈”的低声呼唤。她的身体随着抽泣声一下一下地抽动着，头上的发卡也随之一闪一闪。

我没有去打扰她的哭泣。我知道她为什么而哭泣，至少我自认为我知道。

哭泣声在房间里回荡。

过了几分钟，我起身坐到她的身边，伸出左臂搂住她的双肩，用右手手指为她拭去脸颊上的泪水。我从未想到，泪水竟会这么冰凉。她的身体在我的怀中像一只小动物似的颤抖着，我感到我的心正在融化。

## 十一

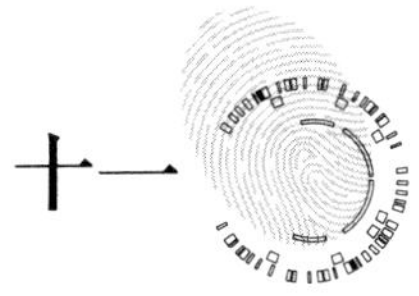

梦公司的大厅宽敞而明亮，装潢简洁明快，只是寂静经常被来往的人

的脚步声和等待者揿动打火机的声音所打断，这些平时其存在总被忽视的声音此刻显得分外响亮。我歪靠在沙发里，仰头向天花板发出一声轻微的叹息。我在等待。

三天前，我从这三个月来收获的梦中挑选出了三个美梦，将它们的数据送到了梦公司。如果能卖掉，它们就会被成批制成一次性光碟片，向广大市民出售。由于一次性梦境碟片的价格低得只够上几次公共厕所，所以这种碟片如今变得像口香糖一样无所不在。价格虽低，但由于销售量大，利润还是相当可观的，所以一个梦的收购价也算可观，销量超过法定数量的梦，创作者还可以提成。单从这点来看，售梦这碗饭蛮有吃头，但实际上只有很少的人才能长期以此为业，因为许多人最终难以适应造梦生活，遵循不了造梦的规律。

今天是听取梦公司评审结果的日子，也是我心情最忐忑、情绪最为不安的日子。从某种程度上来讲，今天听取的结果将决定我能否继续生存，以及前一段日子是否有价值。坐在沙发上的我总是觉得呼吸不畅，这间大厅里的空气似乎来自另一个星球，十年来总是不能令我完全适应。时间像铅块一般沉重。

终于等到接待台后面的那个短发女秘书叫我的名字了。我缓缓地站起身来，膝关节发出啪的一声轻响。

我在古代帝王墓室般的公司走廊里行走，鞋跟在光滑的天然大理石地板上发出清晰的咔咔声。我在向受审台走去，再过一会儿，财富将宣判我人生的一部分是否有价值。

在收购部经理办公室坐定之后，我又一次面对着经理的迷人微笑。这是一个目光和善的老人，和我一样也总能给人以值得信赖之感。

“怎么样？满意吗？”合作都十年了，我也不跟他客套了，开门见山直奔主题。

“还不错，这三个梦我都买了。”他微笑着说。

我长出了一口气，心脏重重地落回了胸腔，弹跳不止，颤得我头晕。好了，我可以继续生存下去了，我的那一部分人生是有价值的，它已换来了财富。空气又换成了地球的特产。

我接过他递来的支票，看了一眼，那上面的数字令我感动。梦公司的收购价浮动性很大，原则上是以质论价。从那数目上来看，我的梦质量还属上乘。

“这三个梦确实是很感人很美妙的优秀的梦。”他证实了这一点，“不过，有一点不足，为什么这三个梦的内容都是爱情？”他的微笑瞬间失踪了。

我只是洗耳恭听，不打算申辩什么。我知道，他的观点一向切中我的要害，听他的不会错。我一向是他怎么说，我就怎么改。

“我很欣赏你，年轻人。”他轻轻地指了指我，“你是我们的重点签约供应者，产量与质量一向不俗，这很难得；而我个人也十分喜欢你，所以我不得不……怎么说呢，我知道干这一行很不易，真的很不易，但是任何事情都不可能是不必付出就能成功的，自古如此，谁也没有办法。只要还想干这一行，那你就只有遵循这一行的规律，你必须……要像煮肉熬肥一样去掉一些自己的东西。你明白我的意思吗？”他望着我的双眼。

我心领神会。

# 十二

音乐在咖啡厅里飘荡。我是从不喝咖啡的，所以我要了杯果汁。

那杯果汁安静地站在桌子上，耐心地等待着我来享用。然而我的注意力根本不在它的身上，我在思考。

我一动不动地盯着窗外，思考着。音乐和窗外的景致都如穿堂风一般穿过我的意识飞向时间的深渊，连一点儿影子也没在我的脑中留下。我思考得太认真了。

整个下午，我都在思考。

# 十三

搬家只花了半天时间。

我在网上没费什么事就找到了条件合适的换房者，相互看过房子，我们一拍即合。

官方手续办妥，给搬家公司挂了个电话，一个下午就搬完了。

这哥们的房间布局确实和我的一模一样，但是陌生感怎么也挥之不去，甚至连空气中似乎也有一股陌生的气味。这感觉令我心神不宁。我茫然地坐在沙发上，什么事都不想干，也不想动。我原先那房子住了有五年多了，多少有些感情了，我还需要点儿时间来接受它已离我而去了的现实。不过我相信用不了多长时间。我毕竟不是孩子了。童年时我会为一件心爱玩具的丢失而大哭一场，但现在我已经长大了，已经成熟了，早已经学会了该割舍的时候就果断地一刀两断。

黄昏已近，是吃晚饭的时候了，但是我的胃没有一点儿感觉。我连鞋也没脱，摊开四肢仰躺在我的那张温控水床上，双眼定定地望着天花板。这房间的天花板和我原来房间的天花板相比颜色略新一些，看来换房的那哥们大概喜欢在天花板上贴些什么图片，我可没这爱好。

天花板看腻了，我就把目光移到了床对面的墙上。对面的大楼比我居住的楼层矮，所以阳光得以从窗口射入屋内。火红的阳光令我很不习惯，我盯着那陌生的明亮图案，一动不动地静待时间一点点流走。

对面墙上的光影图案在悄然变化，屋内的光线在一点点消失。我等待着黑夜的降临。

我的移动电话响了，骤然响起的声音在寂静的房间里显得格外响亮。

我的身躯抖动了一下，但只是一下。我知道只有一个人会在此时给我打来电话，但现在这已经没有意义了。

铃声继续响着。我一动不动地躺着，不去理它，然而这铃声似乎想永生一般顽强地、固执地持续响个不停。在已显昏暗的小屋里，铃声孤独地鸣响着。

两分钟过去了，铃声还在鸣响，这时我感到这铃声简直宛如冰凉的湖水一般注满了我这间小小的蜗牛壳。我像一个溺水者一样闭上双眼，屏住呼吸，竭力想把它挡在我的体外。这时的我，没有呼吸，没有话语，没有思想，只有心脏在轻轻跳动。

铃声不知疲倦地叩击着我的耳膜。但这没有用，我不会去接电话的。我相信我的选择，我有这个自信。

猛然间，铃声犹如被铁棍粗暴地猛力打断一般戛然而止，沉寂当即收复了全部失地。

我徐徐吐出肺里的空气，静卧良久，叹息一声睁开了双眼，只见黑暗已占领了我的新家。

这是永别吗？很有可能。我不知道她的姓名，不知道她的住处，不知道她的电话号码，我无法与她取得联系。而我搬家之后，她也无法再找到我。我嘱咐过换房的哥们，绝对不能透露我的新地址，就连这电话号码，我也已申请更换。不久之后，我们之间这唯一的联系也将中断，今生今世，我们怕再难相见了。

我是故意要离开她的。从我第一眼看见她的那一刻起，我就预料到会有今天的这个结局。是的，一开头我就知道了。个中原因我永远也不会向别人诉说，那就是：除了钱，我不会让自己得到任何自己想要的东西。因为我是一个售梦者，我是以我的梦来保证我能够在这个世界上生存的。

梦，在很大程度上来说，就是愿望的达成。从心理学的角度来讲，梦总是由一定的现实需要和自然需要所引起的。因此，可以这么说，如果没有需要、没有愿望的话，那么也就没有梦了。由此之故，只要我还售一天梦，我就一天不能让自己的任何除生存以外的愿望与需要得到真正的满足！

这就是我们售梦者的生活。我们是一群永远生活在渴望之下的人，体内的饥渴感就是我们创作的源泉。

我决不能毫无节制地和她这么爱下去。一旦我对爱情的感觉麻木了，恐怕我就做不出有关爱情的梦了，这损失可非同小可。而且说不定，如果生活中没有了浪漫，我连一切美梦都做不出了。我可不能让生活的琐碎和无奈束缚住我的心。我不知道一个女人的进入会使我的生活发生何种变化。十年的售梦经验使我明白，我一直以来所过的生活就是最适合于造梦的生活，我不可以轻易改变我的生活方式。这三个月来我收获的梦全是有关爱情的内容。不能再这样下去了，经理已向我发出了警告，所以我适可而止。

然而我不会忘了她的。是她使我的爱欲不至于枯死，是她滋润了我的爱欲，使我心中那沉睡已久的对爱情的感受力增强了很多，我因此而收获了13个爱情美梦。我将一次一个，把剩下的10个爱情美梦掺在其他内容的梦里分几年推销出去，至少近两三年我不必太为生存着急。这是她给我的，我感激她，我会永远在心中为她保留一个位置，决不出售。

从窗外渗进来的对面大楼的灯光几乎可以忽略不计，街上的灯光也无力飘升至我这一层楼，加之今天没有月光，屋里是彻头彻尾的黑暗。我睁眼盯着黑暗的虚无，似乎看到她就坐在她那不知位于何处的家中，坐在她的移动电话旁，我可以清晰地看到她头上银闪闪的发卡，甚至感觉到了她心脏的跳动。

她是个好姑娘，只是太天真了。她认为梦是不可剥夺的，认为自我是不可剥夺的。她错了。在如今这个时代，只要有需求、有市场，没有任何东西是不可出卖的。梦确实是自我的体现，它甚至包括了人在清醒时所没有的无意识的自我部分特点。所以梦的真正创造者，是人的潜意识，是人的思维的主体性，是人的心。这正是机器目前还没有的，在这方面机器目前还没法取代人，情感现在还是一种稀缺资源。然而我不能确定这种状况还能持续多久，所以我必须抓紧时间尽可能地将我的自我一点一点掰下来卖出去，将我的心一片一片削下来卖出去，将我的情感一丝一丝抽出来卖出去。我只有这些东西可卖，除此之外，我一无所有。只要有可能，我将一直卖下去、卖下去，直到我认为自己可以毫无问题、安然无恙地走入坟墓之时为止。活着是天经地义的，虽然世上没有任何东西是可以永存于世的，我仍要竭力生存、生存……要活下去，不是那么容易的……

她比我要幸运，我的顾客们比我幸运，对他们来说，梦是最后的一处世外桃源，他们可以在梦中找到自己想要的一切。可对于我来说，梦是我工作的地方，不是逃避的场所。这就是说，在这个世界上，我已无处可逃。

不！我不需要逃避！我早已不是孩子了，我要全力肩负起生存的重担。我无法选择时代，只能在其间生活，我还不想从摩天大楼上跳下去。我要直面这个世界，勇敢地为我的继续生存付出相应的代价。我的对手，是高度发达的人工智能信息制造产业，它生产的影片、读物、游戏、音乐均极为诱人，与它对抗竞争，我必须付出相当重大的代价才能保住一席之地。但是我不在乎，为了生存，我不在乎付出任何代价。如果我的这种生存原则不幸伤害了谁，那我只能说“很抱歉”。是的，很抱歉……没有办法，我们售梦者都是孤星入命的人。我的职业决定了我的生存原则，我的生存原则决定了我的选择，也决定了今天的这个结局。

我在寂静和黑暗中一动不动地仰躺着，能感到悲哀的感觉在我的体内流淌。它缓缓地在我的胸腔、腹腔和四肢里流动着，无声，冰凉。我不会动用精力去压抑它的，因为我要利用它。悲哀也是一种情感，它也是可以卖钱的。作为售梦者，我必须学会利用心灵的每一丝颤抖、每一次抽搐。

我闭上双眼，慢慢地感受着体内的悲哀。我感觉到这悲哀正在我体内缓缓地翻滚、酝酿，一点一点地生长。我当然不会哭泣，我早已在我的颈上勒上了一条看不见的锁链，悲哀流不进我的大脑。我不会将它的能量浪费在无用的哭泣上。但是，当我今夜入睡之后，这条无形的锁链就会松动，那时悲哀就会流进我的大脑，侵入我的梦境，而这正是我所需要的。

## 十四

我这是在哪儿?

我费力地抬起头，在迎面劲吹的风中使劲地睁开双眼，向前方纵目望去。

两岸的峭壁如同两道平行的高墙，从远方的雪雾之中不断延伸出来。天空中，阴沉沉的浓云覆盖了一切，纷纷扬扬的霰雪使得天地苍茫一片，我看不见远方究竟有些什么。

我低头向下俯视，汹涌的江水咆哮奔流，向我身后疯狂冲去。我扭头左顾右盼，看见了正在扇动的白色翅膀。我很吃惊，张开嘴大声呼叫，但听到的只是酷似鸽鸣的“咕咕”声。恐慌涌上心头，我拼命用力挣扎，但结果只是翅膀扇动得更快，鸽鸣声在峡江里反复回荡。没有任何生物回应我的鸣叫。

我是什么？我这是在哪儿？我为什么要不停地飞翔？为什么天地间只有孤单单的一个我？我有同类吗？我肩负着什么使命？前方有终点吗？……这些问题我不得而知，但又不能停下来思考，如果掉进江里，我估计必死无疑。

我累极了，双肩酸痛无比，肺叶仿佛正在向外沁血，喉咙干涩冰凉，但前方依然一片迷茫。两岸峭壁之上看不见有任何可供落脚之处，光滑的石壁宛如黑沉沉的铁板。头顶雪云低垂，与峭壁相连，我仿佛是在一个前无尽头、后无起点的矩形盒子里飞行，不容我有停顿和退出的可能。

于是我鼓起勇气奋力展翅，继续迎风搏击长空。然而勇气的能量不一会儿便消耗殆尽，疲劳毫不留情地在身体里越堆越厚，我不知道我还可以飞多久。望着苍茫的天地、纷飞的霰雪、汹涌的江水、黑沉沉的峭壁以及锥刺心灵的孤独，我大声悲鸣，想问一问这一切究竟是为了什么。然而我听见的只有“咕咕”的回声，于是我只好拼命飞行、飞行……一旦停顿下来，便是冰雪般冷酷的死亡。我感到悲哀，为自身这一存在而悲哀。

突然，我心中冒出一个念头：这是在梦中吗？

对了，对了，是梦！是梦！太好了，我又收获了一个梦！这个梦里没有爱情，而且应该可以算是噩梦，看来我已从爱情的陷阱中挣脱。嗯……这个梦能卖掉吗？能卖多少钱呢？

……

# 赛车手的故事

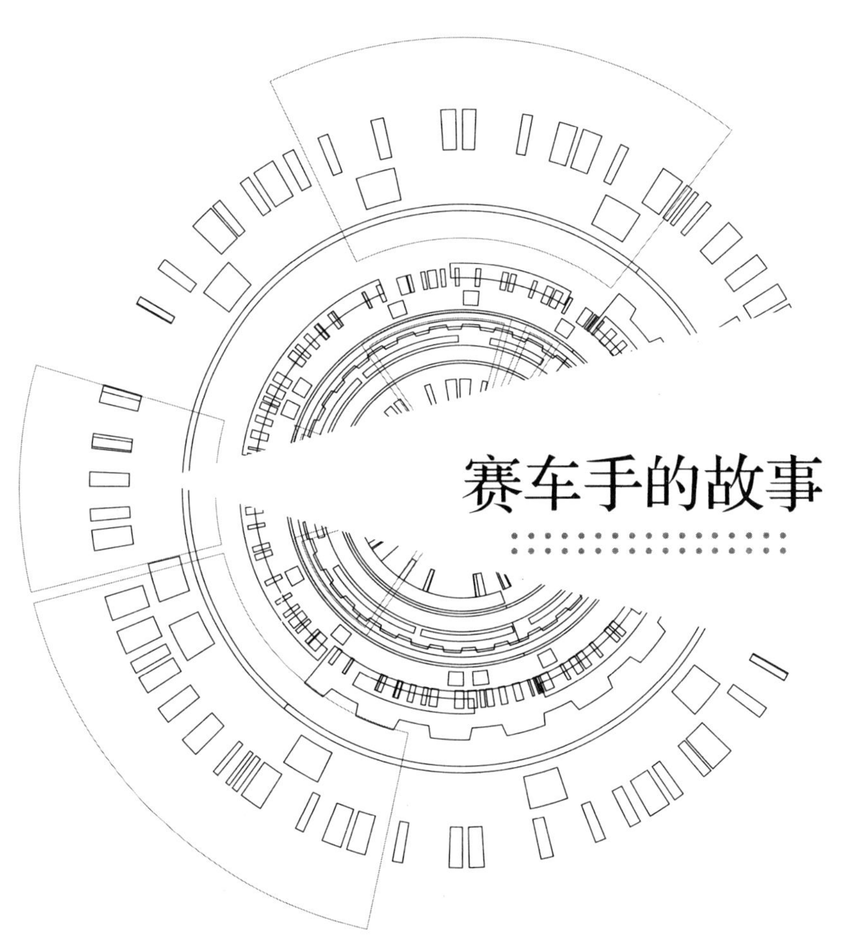

东升的旭日跃过了高楼的遮掩，开始向城市放射光芒与热能，于是世界披上了火红的晨衣，街道上行人和车辆在红色的空气中来来往往。

艾迪·苏斯特站在山顶上目睹着日出。当看到整个城市由于阳光的到来而变得生气勃勃时，他不由自主地激动起来。多好的景色啊！世界还是很美的……一瞬间，苏斯特的心有力地跳动起来，他的决心开始动摇了……

但是，当一座反射着阳光、有着蛇形车道的巨大建筑闯入苏斯特的视野时，他那发热的心顿时仿佛被浇上了一盆冰水。那是他们城市的骄傲，是全国最好的赛车场，许多国际性大赛曾在那里举行。那里是苏斯特儿时的梦想，也是他青春的顶峰。

然而现在，苏斯特最不愿意看到的就是这个赛车场了。他转过头，将目光投向了山间那还未消散的薄雾。

缥缈的薄雾宛如神话中亡者的灵魂，超然飘逸地在绿树丛中穿行漫步。苏斯特茫然地望着它们，思维躲避着回忆的追索。他此刻什么也不愿意想，不愿让回忆破坏自己好不容易才获得的平静心情，更不愿自己定下的决心被动摇。但是眼前的薄雾如同有生命一般，不可思议地渐渐呈现出了一幅幅苏斯特极为熟悉的画面。苏斯特看见父亲皱着眉头对自己毫不理睬，只把他那大烟斗抽得烟雾腾腾；看见母亲在柔声鼓励自己“你想干就去干吧，自己给自己做主”；看见自己的经纪人鼓动如簧之舌劝自己接受俱乐部的建议；甚至看见自己在获得第一个冠军奖杯后一个人在更衣室里情不自禁地哭泣……这一切是苏斯特在其一生的记忆中永远不会忘记的部分。苏斯特凝视着它们，脸上的神情渐趋迷离。突然间，他看见了杰茜卡，他看见她的双眼满含怨愤，大声地冲他喊道：“直说了吧，我们分手！”

哦，杰茜卡……苏斯特难过地从衣袋里抽出一张照片，凝视着那上面杰茜卡小时候天真烂漫而又带点儿野性的笑容，心想这个从小和自己青梅竹马、经常同吃一份冰激凌的女孩子怎么吐得出这样的话来？如果责任全在杰茜卡的话，苏斯特会很愤怒，可是现在他只是感到难过。当初如果自己能多抽点儿时间陪她的话，也许就……为什么当初我认定事业上的成功一定会带来爱情？苏斯特现在才真切地认识到名与利和真正的爱情没有关系……无可挽回的追悔和无可比拟的懊恨令他心中刺痛。

可是就算真的得到了杰茜卡，又能怎样？不外乎找份收入相当的工作，赚一笔钱，然后结婚，买套房子，买辆高档车，再生一两个孩子。这一辈子的任务就算完成得差不多了，以后只管混日子，在一大堆红尘俗事中消耗生命……去他的！苏斯特狠狠地喊道，刚刚流进心房的柔情立刻被驱逐得无影无踪，现在他的胸腔又恢复得冷冰冰、沉闷闷的了。

苏斯特找了块石头坐下来，寻思自己的人生是否能算是逃脱了沉闷无聊而丰富精彩的一生。

苏斯特从小始终这样认为：随你天花乱坠，那些玩笔杆子的落魄文人尽可以大肆向读者兜售知足常乐、平凡是金之类的道理，但聪明的人可以不为所惑。在当今这个高度信息化的社会里，知名度的重要性被前所未有地提高了，著名政客、影视歌星可以被几亿甚至十几亿人所熟识，而普通人充其量不过被几百人所知道。一想到这些，苏斯特就会因强烈的嫉妒而感到痛苦不堪。那些歌星、影星、体育明星风光十足、威风八面的派头在他的心里打下了深入骨髓的烙印。他刻骨铭心地认为：只有拥有名利，生活才有意义。

在苏斯特的祖国，赛车运动是传统的体育项目，不少世界级赛车高手都出自这里，王牌冠军被国内的民众视为民族英雄，大批的少年将赛车场视为自己的毕生理想和改变自己人生命运的切实可行的机会。苏斯特可以说是其中最狂热的分子之一。他现在几乎回忆不起来小时候除对赛车的疯狂迷恋以外他生活的其余内容了。而他那身为轿车设计师的父亲也对他有着潜移默化的影响，使他最终走上了职业赛车手的道路。父亲的职业给予苏斯特的感觉比父亲本人给予他的感觉还要温馨，他几乎不记得父亲除严厉以外还给予过他什么别的感觉。

如今的赛车运动早已今非昔比了。要是一名上个世纪的车手看到现今的最高时速纪录，那他恐怕宁愿撞死也不会相信。太离谱了！它早已突破了人们一般常识所能接受的程度。前人不可能相信这是人能开得出来的速度。然而现在，这种能够提供前所未有的强烈刺激的运动取得了极大的成功，它以令人头晕目眩的疯狂速度和可怕的对抗性吸引了巨量的观众和赌徒，获得了骇人听闻的巨大收益。“赛车产业”成了这个国家重要的经济支柱，不计其数的人就指望它吃饭呢。甚至从某种意义上来说，这个国家的国民精神都靠着赛车来支撑。

不过，上帝是公平的，要获得收益就必须付出相应的代价。这种疯狂挑战人体极限的运动在促使经济高速运转的同时，也使得赚到的每一张钞票都染上了鲜血：每年各个赛车场的上空总要增添一批亡魂，因事故致残者就更多了。现在人们都承认，这是一项残酷的运动。

然而苏斯特对此视而不见，他能够接受这种残酷，坚信命运只青睐勇敢者。于是他野心勃勃地投入了进去，渴望在洒满鲜血的赛道上赢得名声、地位、金钱以及人生价值。

一阵痛楚通过贯穿全身的神经系统向苏斯特的大脑传来，苏斯特皱眉忍受着。他伸手从衣袋里掏出一个扁平的小玻璃瓶子，拧开盖儿喝了一口。这是他的保健医生给他专门配制的低酒精饮料，据说里面含有多种药物成分，可以帮助他克服无休止的疼痛。苏斯特又喝了几口，感觉似乎起了点作用。他实在想痛饮一顿，因为他已经很多年没体验过这种感觉了。苏斯特想着酒柜里五颜六色的名酒，嘴里不禁一阵发干。然而那些名酒只能充当装饰品，因为他的身体已经受不住烈性酒的冲击了。

何止不能喝酒……苏斯特烦躁地摇了摇头，起身向自己的轿车走去。他打开车门，从车里拿出一束鲜花，这是献给母亲的。苏斯特转过身来，望着面前如林的墓碑，心中一阵战栗。他低下头，飞快地向母亲的坟头走去。

当苏斯特把鲜花放到母亲的墓碑前时，他脑中突然闪过一个念头：也许这是最后一束了。苏斯特凝视着镶在墓碑上的照片中母亲微笑的面庞，觉得喘不过气来。当年他与父亲吵翻之后，正是母亲给了他至关重要的支持。苏斯特明白，母亲对他的支持是出于对他的爱。母亲不忍心看着儿子颓废的样子，对她来说，只要儿子能开心就比什么都重要。然而正是她的支持最终使得她永远地失去了儿子，也使父亲彻底对苏斯特死了心。“母亲，我实在身不由己啊！”苏斯特在心中祈求着母亲的原谅。当初他不是不明白向来都对他冷淡而权威的父亲说出那样一句话——“你快回来吧，她会死的，你的到来对她很重要”，该是有多么不容易，而母亲的病情又有多重。然而他实在抽不出时间啊！要知道若丧失了那一次参赛的机会，对他这个刚刚崭露头角的新车手的前途将产生很大的负面影响！对苏斯特来说，母亲比谁都重要，然而他实在无法抑制自己内心的狂热。当年的坚强使现在的苏斯特付出了沉重的代价，他永远无法消除这终生的遗憾。苏斯特紧握双拳，恨不得猛击某个人，但是他不知道那人是谁。他深深地垂下了头。这只是他所付出的代价的开始……

苏斯特经过拼命奋斗终于成为职业赛车手之后，接触到了赛车界的内幕，这时他才发现那些王牌车手们令人瞠目的成绩并不全是靠他们自身的才能，更主要的是倚仗了高新科技的威力！苏斯特看到各大赛车俱乐部都在竞相开发完善人体机能的调校手术。人体的功能是有极限的，太高的时速和太复杂的路况使人的神经系统难以承受，于是有人就挖空心思开发出了人体机能调校手术，通过提高人体某些功能的极限，使其更加适合高速运动。例如，改造心脏，使其更加强劲有力以抵抗赛车高速急转弯时因强大的离心力而造成的供血不足；加厚脑血管壁，以防止过高的血压崩裂血管；改造关节，使之更加灵活；调整人体内某些内分泌腺体，使车手的性格变得沉稳冷静，以防止出现因手忙脚乱而判断失误的情况……最核心的内容是在车手的大脑中植入一块生物电脑芯片，以提高人脑对外部信息的处理能力，缩短反应时间。这一切只是为了一个目标：使赛车更快！

苏斯特是个聪明人，当时立刻就明白了自己的处境：要么接受最先进的手术以抢占先机，要么一文不名且永远也别想脱颖而出。苏斯特对此没有费多少踌躇，因为有母亲支持他。后来母亲不在了，世界上对他来说最重要的就只剩名和利了。追求成功的万丈雄心从此彻底占领了他的心灵，甚至对于杰茜卡的离去他也无动于衷。

在此后的几年时间里，苏斯特不顾一切地接受各种新式手术，拼命练习以求尽快适应那些新功能。他根本没有时间去顾虑、去思索得失，他的目光和思维完全被冠军奖杯吸引住了。凭着这股狂热，苏斯特的世界排名以惊人的速度直线上升，他抓住奖杯了，一个，两个，三个……由于有最先进的科技撑腰，没过很久，他就成了阔佬，接着成了名人。他儿时的梦想终于实现了，不是很容易，但也不是他从前想象的那么难，科学确实能将很难的事变得很容易。

上帝一直都是公平的。实现梦想的代价是什么？自己究竟失去了什么？对于这类问题，苏斯特总是有意无意地避免去想。然而现实是无法回避的。不知不觉苏斯特已成明日黄花。去年苏斯特参加了好几项大赛，但他豁出性命也只是抢到了一个分站赛冠军。当他看着越来越多的年轻车手驾着赛车以连他都不免胆寒的速度擦身而过时，他就不得不痛苦地承认：自己已经开始成为“过去时”了。看着那些踌躇满志、得意扬扬的后生们，苏斯特能从他们身上感受到比他当年更加强烈的追求成功与名利的愿望和雄心。他们比他更大胆、更疯狂，而他们年轻的、未加雕琢的躯体可以接受运用当前最先进、最复杂的全身机能调校手术。可苏斯特就不行了。他的躯体经过无数次的手术后，已经承受不了更为复杂的手术了。苏斯特十分清楚这一点，所以他连换装人造神经的手术都没有接受。而那些年轻车手们不仅换装了神经，连肌肉系统都换装了，那种由动物细胞配合特种胶原蛋白在超重力环境下生长成型的人造肌肉，有着令人震惊的爆发力和韧性；而那些后生们的骨骼和关节也做了相应的调整改造以适应这种强壮的肌肉……这样一来，他们就可以全身协调一致地适应那超过音速的可怕车速了，就可以干脆利落地、毫不留情地将老一辈的车手挤进历史的垃圾堆了……这就是当今的职业体坛！一旦你所倚重的技术过时了，那么你也就过时了。这里没有什么精神上的胜利，物质的力量决定一切。

万事休矣。意识到了这一点，苏斯特的心情反而平静了下来。奋斗了

多年，他现在突然感到非常疲劳。这么些年来冠军和奖杯头一次从他的视野里消失了，因为他已经明白它们再也难以为自己所拥有了，永远……

他头一次向俱乐部请了个长假，说是想养精蓄锐以接受来年的洲际大赛，实际上，他是想借此引退。俱乐部考虑了一下，批准了他的请求。

当苏斯特走出训练场大门时，他突然感受到前所未有的茫然。新的生活在向他招手，可他对新的生活一无所知。他觉得自己仿佛是被从高速列车上抛下来的旅客，意欲停止但惯性仍将他向前猛推，他不清楚自己是否能站得稳。

在公寓待了两天，苏斯特突然想起来，自己已经很久没有去看望父亲了。他几经犹豫，终于还是来到了自己度过童年时代的地方，叩开了父亲的房门。

父亲像接待陌生人一样接待了他。父亲神情冷漠地抽着烟斗，对苏斯特的谈话概不搭理，也不看他一眼。这使苏斯特觉得很不自在。就这么尝试了几次后，苏斯特终于明白：父亲和自己的童年再也不属于自己了。

从父亲家中出来后，苏斯特到咖啡馆连喝了好几杯咖啡，才使自己重新打起了精神。不知怎么的，杰茜卡的面容忽地在他脑中变得清晰起来。当年她提出分手后，他就竭力强迫自己不再去想她，所以他也没有尝试挽留一下她……如今蓦然回首，他才发现自己已经好多年没有得到她的音信了。

于是苏斯特想法打听到了杰茜卡现在的地址，在犹豫徘徊中走到了她家附近。

他在附近的一间快餐店里坐了下来，看着，等待着。

尽管早有心理准备，但当杰茜卡以吻送别她的丈夫时，苏斯特仍然感到似乎有一根针扎在自己心脏的最深处……他将头埋在臂弯中，咬着嘴唇，竭力克制身体的颤抖。

苏斯特像个幽灵一般在城市中漫无目的地走着。在那一天的剩余时间里，苏斯特像只被冻僵的苍蝇一样，一动不动地坐在广场的长椅上。他觉得自己的大脑已经被彻底掏空，成了一个没有出口也没有入口的空洞，其间什么思维也产生不了了。无可名状的失落感和前所未有的头重脚轻的失衡感包裹着他，稍微一动就头晕目眩，所以他只能坐着不动。苏斯特从来没有意识到这两个人原来对自己这么重要。当年杰茜卡离去之时，自己怎么就没有发现这一点呢？此时苏斯特终于明白，自己失去了爱与被爱的权利。

回到自己的公寓之后，一连好几天苏斯特都闭门不出，每天都只是呆呆地看着窗外那条宽阔得令人寂寞的公路，因为他本能地感觉到那里有似曾相识的东西。

很快苏斯特又不想看了，因为间或驶过的一辆辆汽车让他又产生了被别人超过的感觉……可是屋里面也没什么特别来劲的事可做。除了看看电视、听听音乐，就是在互联网上和素不相识的人聊天骂架。苏斯特越来越觉得，离开了赛车，自己的生活似乎一下子被抽成了真空。长年的封闭训练生活使他很不熟悉其他的生活方式。赛道上风驰电掣的强烈刺激和赛后胜利的喜悦、骄傲以及失败的恼恨，使他感觉不到空虚的存在。可现在，赛车已经没有了……

苏斯特终于待腻了。他头一次感受到了孤独和寂寞的可怕。于是他决定去拜访一下朋友们。他想，没准儿从那里可以找到希望。

然而他很快就失望了。他一直以来就没有结交到什么可以推心置腹的好友，身边的人只能说是认识而已。他现在发现，这些人或是嫉妒他的成就，或是对他表现出敬畏，或是想从他这儿得到点儿什么，或是对他的到来显得并不在意……反正他就是不能进入他们的生活。此时苏斯特才发现，自己的生活不能从友谊那里得到什么帮助。

这个时候，运动员的本能帮苏斯特做出了选择：跑吧。他在这里的生活已经空空如也，乏味得让他受不了。于是他打点行装，安排好一切，跳上轿车开始旅行。他不知道未知的远方会不会有希望，但这里他确实待不下去了。

旅行的感觉确实比在家里好。只要一坐进车里，苏斯特的心情就变得舒畅起来。虽然驾驶轿车兜风没有从前在赛道上的那种骑在闪电上的感觉，但他仍然感到久违的亲切，就好像又回到了归宿之中，一握上方向盘，他就觉得心里踏实。于是每天晚上他都睡在车里，不愿离开它。只有这样，醒来时他才会觉得朝阳是美丽的。

外面的世界确实不错。苏斯特驾车穿过一座又一座城市和乡镇，他觉得自己和许许多多素不相识的人擦肩而过，这让他的心里产生跃动之感。他知道自己不可能拥有这些人的生活，但陌生的楼群和熟悉的窗口仍能让他的血流得快一些，陌生的景致总能让他不由自主地去想象人们是怎么在那里生活的。

每当夕阳西下的时候，他会把车停在某个小镇的街道上，希望能看见放学后的孩子，希望能看见……从前的自己和……杰茜卡。

苏斯特不知道旅程的终点在哪里，但他不在乎永远跑下去，只要这样的生活能令他的心继续跳动，他就要不知疲倦地跑下去。他一生都在跑，只是现在，他才真正感觉到自己是在为自己而跑。

然而很快他就跑不动了。苏斯特的躯体与众不同。多次的手术已经严重损坏了他的身体，各种植入的人造脏器没有自我维护的功能，这些都是危险的来源。而他的感觉器官和神经系统被改造得异常灵敏，因而疼痛对他而言比一般人强烈许多。多年来无休止的疼痛一直令他烦恼头疼，只是在队医精心的护理下，他还可以容忍它的存在。但现在这几点成了心腹大患。苏斯特脆弱敏感的身体需要有规律的生活和经常性的保养，然而这些正是旅行生活无法提供的。随着时间延长，各种麻烦接踵而至，最终导致他住进了医院。

出院后，苏斯特再也没有跑下去的勇气了。医生建议他最好待在家里，哪儿也别去。

回家后，苏斯特又过上了日复一日的生活。他在他那巨大但别无他人的房子里度过了一天又一天。大部分时间他都是躺在床上凝视着墙上阳光勾勒出的图案的悄然变化而打发掉的。苏斯特觉得自己已经被什么东西彻底包住了，任凭他左冲右突，就是出不去。此时他发现自己还失去了一种权利——作为正常人生活的权利。

现在生活中唯一还对苏斯特存有吸引力的内容就是……音乐。苏斯特从小就爱听音乐，经常伴着欢快的旋律翩然起舞。如今年龄大了，他只想坐着安静地听。那些老旧的唱碟帮他回到了过去，回到了令人怦然心动的往昔岁月和少年憧憬之中，那儿，有他失去的一切。苏斯特没完没了地听着，拼命从中吸取自己渴求的一切。然而每当一曲终了之际，他总是落个泪流满面的结局。

冬季渐渐地逼近了。当苏斯特夜里听着大风挟带着砭骨的寒气抽打着已经叶落枝空的树枝时，他简直觉得这是死神正喷吐着寒气在自己的房门前徘徊。

苏斯特的这种感觉并不是凭空冒出来的。他的全身布满了各种人造的或经过改造的器官。这些在设计时就只着眼于适应高速运动的脏器并不可靠，当初设计它们时就没考虑过可靠和耐用这方面的因素——它们毕竟不是人类自身进化的产物。

直到此时苏斯特才发现，自己失去的与得到的相比，差距未免太大了点。但他所失去的已像被打碎的镜子一样再也无法挽回了。整个冬季，苏斯特经常无可奈何地、绝望地凝视着自家庭院草地上的凝霜。

可是，有样东西就像泡朽的枯木一样，从苏斯特记忆的积水潭里浮了起来——赛车。随着时日的推延，赛车的影子在他的脑海里越来越清晰，同时，他体内产生了如候鸟迁飞般的奇特变化。他越来越觉得自己的心上系着一根绳索，绳索的另一头就拴在赛车上。苏斯特日益烦躁不安起来。他越来越害怕，害怕自己由于某个脏器失灵而死去，那样的话，他将什么也不是。苏斯特已经明白了，他过去对成功和名利的疯狂追求已把自己变成了另一类生物——一个与普通人的世界格格不入的生物，他没法回到正常人的生活中去了。作为一部“赛车控制器”，他离开了赛场就一无用处，毫无价值。赛车就是他生活的全部，因此，他的选择只有一个。

苏斯特重新回到了俱乐部，申请了人造神经移植手术。他决定去参加洲际大赛，做最后一搏。

“嘟——嘟——”

手表上的报时器打破了苏斯特的冥想，苏斯特的心猛一收缩。比赛就要开始了，该下山了。苏斯特茫然地伫立了片刻，终于转身向自己的轿车走去。

轿车在他的眼中越变越大。

突然，一样东西引起了苏斯特的注意，那是半埋在泥土之中的一块巨石。在巨石通身的白色上，有一星微小的绿色——一株小草。这小草触动了苏斯特的心：一株小草尚且倔强地生长着，何况一个人呢？如果现在弃权呢？自己还不老，才30岁呀！……在这次比赛前，苏斯特知道自己虽然换装了人造神经，但胜算仍不大，所以他要求拆掉赛车上的防撞缓冲系统和自动灭火系统，以减轻车重。这些系统在不出事的时候毫无用处，只会碍事，但一旦出事就得全靠它们保命了。对于苏斯特的这种亡命徒的作风，俱乐部颇有些踌躇，但最终还是依了他。苏斯特这么选择是因为他清楚自己现在需要的不是除胜利以外的任何东西，他要胜利，哪怕要冒生命的危险。对他而言，在如今的赛场上，除了胜利，不再有任何有价值的东西。

哦，太晚了，太晚了……求生的念头只在苏斯特的脑海中闪现了一下就寂灭了。他已经走得太远了。过去他一直以为自己是命运的主宰，自己是在利用科学；但现在他才明白自己成了命运的奴隶，一直被科学往前推着，无法抗拒地向着他生命的终点冲去。去埋怨谁？去仇恨谁？这是他自己选择的道路，是他自己把自己绑在了命运的赛车之上。

苏斯特取出那个玻璃瓶，仰头一口喝光后，扬手一抛，玻璃瓶在阳光下划出一道闪光的弧线，落在一块石头上，砰然一声化为千百块小碎片。

裁判员手中的发令旗刚一挥动，赛场上立刻爆发出震耳欲聋的引擎吼叫声，数十辆赛车如同一群疯狂的野兽，冲过了始发线！

苏斯特对自己的起跑阶段颇为满意。他的赛车在拆除了那些笨重的救生设备后加速性能大增，一马当先冲在最前头。他的战略是一开始就抢占有利位置，赢得领先优势。他十分清楚自己可以倚仗的只有他那丰富的经验，因此他一开始就使出了看家的本事，开出了他所能开出的最高车速。他希望这样能使那些缺乏经验、心理状况不够稳定的后生们感受到较大的压力，促使他们发生失误，从而迫使他们退出比赛。

现在看来，苏斯特的计划似乎奏效了，已经有两辆车撞到了一块儿，退出了比赛。“他们的赛车有良好的救生系统，死不了的。”苏斯特在心里嘀咕着，“可是我自己呢？只要一撞车……管它呢，集中精神！”

苏斯特飞快地旋动着方向盘，偷空又瞄了一眼反光镜，只见身后长龙似的赛车都在疯狂地摆动车身，力争赶上前来。这时候，苏斯特心中忽然产生了从未有过的荒唐感：这哪里还是人在竞技？分明是一群奇特的动物在疯狂角逐嘛！

长久保持自己的极限不是件容易的事。苏斯特开始感到吃力了，他以极快的速度转动方向盘以适应七曲八拐的赛道。路况判断方面没什么问题，只是两条手臂吃不消了，他的手臂肌肉的张弛速度跟不上飞旋的方向盘。人体生理机能是有极限的，即使是使用违禁药物。虽然他在赛前输入了特制的输氧能力极强的人造血液，但他的肌肉还是无法与那些年轻车手的人造肌肉相比。

汗水顺着苏斯特的胳膊向下淌着，他已气喘如牛，肌肉极度疲惫的那种酸痛通过灵敏的人造神经使他痛苦得脸都扭歪了，比赛对他来说已经变成了一场残酷的折磨。苏斯特的车开得不那么稳了。

年轻车手中最优秀当然也是最疯狂的几个已经从车队中显露出来了，他们越逼越近了。很明显，他们的车速已经超过了苏斯特，可他们依然开得那么平稳、那么漂亮。他们的人造肌肉能够适应苏斯特适应不了的更高的时速，能够和其他的人造器官很好地协调运转。

这不公平！我和他们实际上不是站在同一条起跑线上！苏斯特对这些年轻车手又妒又恨，心中升起愤怒和悲哀。但是他马上又想到当年他也曾像现在这些后生一样为自己的优势而庆幸和得意过。这时他觉得在这种地方想到“公平”这个词实在可笑。

时代变啦。如今没有什么人还相信体育是人类展现体能的运动了，在许多人的头脑中，体育已经是一门生意了，没有别的含义，有钱赚比什么都重要。没有人会关心除赚钱以外的任何事情。照这种势头发展下去，将来科学定能将科技与人体结合化为一体，从而诞生出一种专为“体育”而生的“体育人”……不过苏斯特知道，自己不幸赶不上那个好时光了，他就只是个“试验品”。苏斯特真想把赛车打横一刹，让所有人一起撞死！

然而苏斯特最终还是没有这么干。他忍受着双臂越来越剧烈的疼痛苦苦支撑着。这种感觉使他觉得自己简直是在经受地狱烈火的灼烤。他甚至恼恨事故为什么迟迟还不发生。但就在这个时刻，一个曲度很大的弯道出现了。就在他鼓足全力猛打方向盘时，一阵令人发狂的撕裂般的剧痛直捅他的心窝，他的肌肉韧带又拉伤了！苏斯特无法忍受，尖声惨叫起来，汹涌的疼痛阻塞了其他信息向大脑的传递，只那么短暂的一刹那，赛车失控了，它带着刺耳的怪啸掠过跑道边的沙地，直撞向起缓冲作用的弹性墙。巨大的反作用力使卸掉了救生系统的赛车轻飘飘地打着旋儿飞上了天，旋即又摔在地上，起火了。

一阵天旋地转、翻肠倒胃之后，苏斯特惊讶地发现自己还活着。那种能够在高速转弯时自动调整重心的弹性车体因受撞变形而吸收了一部分能量，因此他没有当场毙命。但他发现自己胸部以下没有了知觉。不过苏斯特并不遗憾，相反他还感到高兴，这样临死时的痛苦就只有一半了。眼下只是燃料燃烧产生的高温烤得他十分难受。算了，再有几秒钟，一切都一了百了。苏斯特停止了挣扎，把目光投向了车窗外，他想在升入天国之前再最后收集一点人世间的信息。

空气在颤抖，人间的一切都扭曲变形了，他看不清什么。但苏斯特依稀看见了几个人影。他认出来了，那是爸爸、妈妈，还有杰茜卡的身影。苏斯特看不清他们的面容，但他似乎觉得他们在对自己微笑。他曾经发过誓，面对他们绝不哭泣。可现在他怎么也控制不住自己了，他放声号啕痛哭起来。他无拘无束地哭着，心里觉得很畅快。这时他才发现自己很久以前就渴望大哭上这么一场了。

猛烈的爆炸终止了苏斯特的哭声和生命。被吓呆了的救护队员们本能地弯下腰护住头部，躲避着横飞的赛车碎片与血肉。他们之中只有最靠前的那个人听到了赛车爆炸前从车里传出的哭声。他当然不知道苏斯特为什么哭，更不知道今天清晨他是如何度过的，他只知道：这个人在临死之前，非常的伤心。

仅此而已。

# 追寻

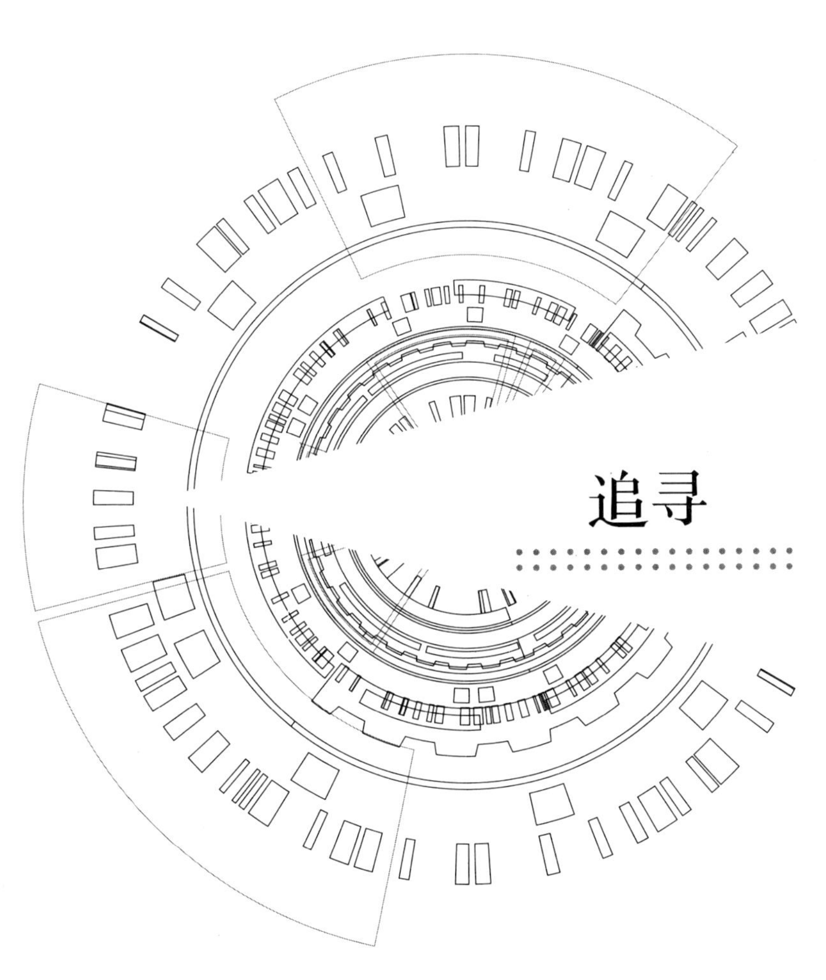

我真的能追寻到爱情和幸福吗？

看着手里这个名曰“红线”的精致灵巧的小装置，我不由自主地在心中发出这样的疑问。这种巴掌大的心形小玩意是地球上经久不衰的著名畅销商品，我一走出我们的社区就被它的魔力所吸引，几乎没费任何踌躇就买下了一个。然而它的名气和它的魔力是否真的能将我引向爱情与幸福，我心中却没底。多少年来我不顾一切苦苦追寻着它们，可结局总是两手空空，这种流水线上诞生的工业制品真能轻易改变这宿命？

“红线”的作用是将两个素昧平生、天各一方的同龄段单身男女联系到一起。它的名称便是取材于古老的民间传说中具有相似功能的神物。功能虽然一样，但两者的本质截然不同。一个只是虚幻的想象，仅仅只能表达一下人类的美好愿望；另一个却是实实在在灵验无比的现实存在。现在的人们真是幸福，你不需祈求，也不必祷告，只需要付出一些信用卡上的数字，即可任意支配、利用过去无比神圣的东西。只要启动这个小巧的信号收发装置，卫星全球定位系统会立刻帮助你收到来自芸芸众生之中的某个异性成员的回音。她或者远在天边，或者近在眼前，但她肯定就位于这地球表层的某个经纬度交叉点，不会是虚幻的想象。

现在，她就在这座城市的某个地方，等待着我。多么奇妙啊！我和她曾经分别处在相距超过一个天文单位之遥的地方，可现在却在相互追寻着对方，并确确实实在逐渐接近。地球上的事情就有这么奇妙。

整个地球上只有她一个人在等我。每对“红线”不会对别的信号有反应，只接收对方的呼唤。我手中紧紧握住这根红线的一端，一步一步循着由无线电波组成的看不见的连线前行着。

随着手中的红色数字的不停跳动，我的感觉越来越强烈：我的心在怦怦跳动，手在微弱但难以控制地颤抖，全身的血液如同涨潮一般悸动奔涌，汗珠在我的脸颊上流动，我的口中又干又涩，我的耳朵在嗡嗡鸣响……我简直觉得不用多久我整个人就会燃烧起来。我追寻幸福与爱情已非一朝一夕，自我懂事时起，幸福的生活和甜蜜的爱情就令我魂牵梦萦，多少个闲暇的时间片段，我在纷飞的思绪中苦苦追寻它们，但总是两手空空，对它们的渴望已烧穿了我的骨髓，最终驱使我不惜一切回到了地球。现在，它们终于将要为我所拥有了，我如痴如醉如狂。我故意买的是远程“红线”，为的就是要慢慢地品尝这种喜悦的憧憬。当从六个都市中穿行而过，一点一点缩短与她的距离之时，我慢慢品尝着一丝一丝缓缓增强的激动与兴奋，今天，它们达到了最大值。

信号显示她距我已仅有1000米了。我深深地长吸了一口气，澎湃的思绪和情感令我头晕目眩，我不得不加大氧气的摄入量。

她是个什么样的姑娘？她真的能给予我所渴求的一切吗？啊，我想应该是的，我的命运已经够苦的了，上天若还是公平的，就不应该打碎我这最后的希望。我吃力地迈出已经没有规则的步子，在蓝色的暮霭笼罩之下，一步一步沿着被路灯和商店橱窗照得雪亮的大街向她走去。

一切都和从前是那么的不同，一种从未体验过的奇异感觉包裹住了我的全身，它使得我眼前的一切都变得分外的美，连身边最琐细的小东西都似乎蒙上了五光十色的光彩。本来地球上的繁华都市对我这个回归的游子来说就极富魅力，现在它更是撼人心魄，令人无法抵挡。我喜欢这感觉，在幸福与爱情被抓在我手中之前，我还未体验过比这更美的感觉。

数据显示我正在一米一米地接近她，但是大街上来来往往的人群行色匆匆，我仍旧看不见她的身影。蓝色的暮霭令我心慌意乱。我好紧张，我好害怕，我不知道自己还能坚持多久。

千呼万唤始出来，我终于发现她了！在滚滚人流和灯红酒绿之中，她显得那么出众、那么夺目。一点没错，就是她，肯定是她，只能是她。怎么可能不是她呢？这个女孩完完全全就是我的梦中情人，每一点都恰到好处地与我心底的倩影相吻合。那俊俏的面容、玲珑的身段、清纯的气质、朴素大方的衣着打扮，都与我的想象不差分毫。上天啊，你到底还是公平的。我欣喜欲狂，全身打战，泪眼蒙眬地向她走近。

千真万确是她了。我们两个手中的“红线”对上了号。我们相距一米的距离，彼此面带着有些不自然的微笑看着对方。“红线”不过是一种媒介、一个借口，使命只限于为我和她之间建立起来联系，现在已经联系上了，就好比电话已经接通，余下的对话就完全是我们自己的事了。

然而我却不知道该如何开始。虽然她并非我平生所接触的第一个女孩，但我仍然感到不知所措。她那微笑着的可爱面容令我陷入了滞然迷离的状态之中，我的思维就此中止。

我们就这样相互凝视了好久。天色越来越暗，黑沉沉的夜幕已悄无声息地取代了蓝色的暮霭，街灯显得分外明亮。

还是她打破了这尴尬的沉默。她轻启樱唇，用天国仙音般的美妙嗓音向我发出了问候。

我赶紧回答。

交谈就这么开始了。

尽管与她交谈令我心花怒放，但我很快意识到不能老在街头和她交谈，那实在有点儿不像话，再者天色也实在太暗了。于是在我的提议下，我们走进了不远处的一间咖啡厅。

在柔和温暖的灯光下，我和她像店内所有的情侣一样，在属于我们自己的空间里窃窃私语。

在实际上相当漫长但感觉短暂如白驹过隙的交心中，我无比清晰、无比真切地感受到了真挚的爱情和无上的幸福。她真是我的梦中情人，而我也正是她心中的白马王子，我需要她，她也需要我，郎有情，妹有意，我们情投意合，我们实实在在是天造地设的天生一对。

转眼到了不能不分手的时刻，我们在十字路口恋恋不舍地相互道别。在分手之际，我们山盟海誓，相约来日一定相会。

从此以后，幸福之门向我敞开。她的介入彻底改变了我的生活，那变化的程度之大，就仿佛一间无门无窗的黑屋子的房顶突然被整个儿掀掉了一样。世界从此变得美不胜收。春日，我和她来到自然公园，尽情品尝花儿的芬芳以及观赏从前令我焚骨燃心般渴求的蓝天白云和绿色山林。夏夜，我们在温柔夜色之中缠绵悱恻。秋天，我随她到我们都向往已久的苍茫大海上随波漂流，在游艇甲板上享用咸味的海风和火红的朝阳。冬季，我们在积雪的高山上呼啸滑行而下，感受高速度和凛冽寒风带来的刺激。她是一个真正的天使，总是能给予我许多我所想要的东西。她那源源不绝奉献给我的温柔爱意，彻底抚平了我心上的累累伤痕，使我终于感受到我确实是活着的人，我是在生活。她拯救了我的生命，能得到她，也是我的造化。我真是幸福，真是幸运，我诚心诚意地爱她……

到此为止吧。

微电流对神经末梢轻微但十分清晰的刺激使我睁开了双眼。大约只是心跳一次的时间，幸福的幻影便无可挽回地烟消云散了，正常世界的正常现实以排山倒海之势向我席卷而来，迫不及待地收复着它仅仅只失去了片刻的失地。

我缓缓摘下罩在头上的虚拟现实梦幻娱乐系统的电脉冲信号输出头盔，随手搁在一边，木然凝视着汹涌而至的现实生活。如同沸汤泼雪一般，温柔甜蜜的爱情和幸福的感觉一触即溃，片刻就被赶杀得落花流水、片甲不存。没有她，没有风花雪月，没有令人心醉的都市暮色中的初次相会，没有咖啡厅里的绵绵情话……没有！什么都没有！

我的心在疯狂地嚎叫，狂躁恼怒的感情已经彻底淹没了它。我努力克制着正在我体内乱窜的想跳起来乱砸一通的冲动。我恨这儿！我不要待在这儿！我曾花了不计其数的时间和精力努力使自己不要憎恨此地，但我的恨意仍固执地越烧越旺。

我不清楚地球上是否有人憎恨他们那蓝莹莹的故乡，反正我怎么也无法彻底消除这憎恨。因为我的故乡无法令我爱它。想想多么可怕，到目前为止，我生命的所有时光都是在这儿度过的，这么十几间舱室就是我从小到大的全部的生活空间（工作空间除外）。这是多么的不公平……叫我怎么能不恨呢？

我慢慢站起身来，噼啪作响的关节令我皱起了眉头。究竟何时我才能离开此地到一个更广阔的天地中生活？再在这个鬼地方待上几年，恐怕我全身的关节都要锈死了……我哀愁地环顾着这间已熟悉得令我厌烦不已的密闭舱室。

这间舱室近乎实心。虽然各种物品都是依电脑测算出的最节省空间的方案摆放的，但仍显得拥挤不堪。无药可救了，它的面积就只有这么点儿，有什么办法？

舱室里堆放的都是各种外层空间生活所必需的设备，正常生活所需的各种家具就只好委屈一下折叠着存放在几个壁橱里，用时才允许它们舒展筋骨。衣物什么的结结实实地塞满了衣橱，衣橱下面就是我的床，这张安放我三分之一生命的床嵌在舱壁之中，很窄，仅能容身而已。每次租来广告上信誓旦旦说“包君满意”的人造电子美人，都因太拥挤而影响心情……呵，只有如刚才在梦幻之中那样在宽达三米的宽大柔软的水床上与心爱的人尽情缠绵，才能令我心生不虚此生之感。

我已经在这难觅一丝生活气息的舱室里虚掷了二十多年的时光了！我恼恨地想使劲扯住上帝的胡子，让他老人家低下头来看看我住的地方像不像人的卧室，我过的是什么日子？舱室里到处是机器设备，简直像一间濒临倒闭的鸡毛小厂的设备仓库……当然，室内最占空间的，就是那套虚拟现实梦幻娱乐系统，这套系统的各个部件横躺竖卧，吞掉了室内不小的空间。可我无论如何也不能没有它呀！我的生命全赖它给予支撑，不然我就没有继续活下去的勇气。它是另一个世界的入口，是它帮助我品尝到了远在上亿公里之遥的真正的人间世界的滋味，我由衷地感激它。

我迈开脚步向舱门走去。这间舱室就是个罐头盒，没有窗，只有门，门外则是另一间没有窗的舱室，舱室与舱室首尾相连，组成一个环，这个小小的环形世界就是我从小到大所居住生活的世界，除此之外，我再未真正踏足过其他任何有人类居住的区域。

我慢慢地走着，穿过一间又一间的舱室，其间只有密封门开启所发出的嘶嘶声，除此之外万籁俱寂。没有一个人，所有舱室均杳无人迹，只有我在茫然地不停走动。

人都上哪儿去了呢？我困惑不解。我似乎记得从前这个地方还有其他的人，他们和我在这里一同生活，一起工作……的确如此，我绝对不是一直独自在此生活。可是他们到哪儿去了呢？他们又是谁呢？我想不起来了……不，不是想不起来了，而是……我根本就不愿去想。我的思维的焦点如同受惊的小兔，不停躲闪回避，拒绝执行回忆这一指令。我因此而困惑不得其解。这究竟是怎么一回事呢？咳！我究竟为什么独自一人置身此地？为什么人们都抛弃我呢？

没有答案。我仍孑然一身伫立于空荡荡没有人迹的窄小舱室之中。

静立良久，我再也压制不住烦躁的情绪了。这密闭的窄小空间令我郁闷、令我窒息，几欲发狂。我再也无法忍受下去了。于是我像从前一样，迈步走向锁气室。

穿好太空服，我关上了锁气室的耐压门。真空泵抽吸空气的呼呼声不一会儿就微弱下去了。当锁气室内的气压接近真空之时，通向太空的舱门开了。

黑沉沉、暗幽幽的宇宙凶猛地吸吞着锁气室的微弱灯光。星星们的光芒清晰但带不来半点温暖，犹如冰凌射出的冷森森的寒光。好在小行星所反射的太阳光还比较可观，我才好歹保持住了精神上的稳定。但是我的心仍然好一阵慌乱，我害怕黑暗。

太空服上的喷气推进器轻轻将我推离我的……家。家……我连回首看它一眼的兴致都没有。这种廉价的太空居住系统，说白了就是一截粗大的弯成环形的双层空心金属管子，外面裹着一层太阳能采集面板，夹层里是厚厚的防辐射材料，里面的空心部分就住人，而环形的圆心部位则是对接口，由辐条状的四条过道通向居住舱室，我们平时大部分时间就蜗居于这么个不折不扣的弹丸之地，依靠定期从货运飞船上购买的生活必需品，在这令人发狂的黑漆漆的阴冷太空中坚持生存。在如今的太阳系里，这样的居住系统到处都是，许多的冒险家和他们的家人都以它们为家，在太空中安居乐业。但我怎么也不愿意承认这种地方就是我的家，不，我的家不应该是这种样子……我想呼吸的是大自然中的空气，而不是罐子里的空气；我想吃真正从泥土里长出来的食物，而不是在太空“农场”的储水泡沫塑料里采用工厂化生产方式生产出来的东西；我想走在五光十色令人眼花缭乱、心动神游的都市街头，而不是伸手不见五指的死气沉沉的宇宙；我想怀抱着真正血肉丰满、有喜有怒的活生生的地球女孩，而不是和一堆电子元件为伴；我渴望仰起头便能看见温柔的蔚蓝天空和可爱的白色云朵……我的家应该是在地球上！天经地义！

小行星在向我靠近。它的身上向阳处纤毫毕现，背阴处恍若虚无，一副阴阳脸。我也厌恶它，它所给予我的感觉和我的那个车轮似的家相比好不了多少，若不是实在根本无处可去，我才不肯踏足在它的身上呢。

这颗直径八百多米的小行星和我的“家”简直就是一对暹罗双胞胎，它们之间有好多根钢缆相连，系死了，所以它们只能彼此相伴存在于宇宙之中。这一点，似乎也暗示着我无法离开此地，无法！

着陆了。我关掉喷气推进器，迈开脚步开始行走。我要摆脱正在头顶上宿命般永不停息地旋转的那个“家”。不用担心什么，这颗小行星我了如指掌。我从七八岁时就开始在它上面像个童工似的苦干不止，还有什么神秘陌生可言？

群星犹如钉在黑暗天穹之上的明亮宝石，太阳的光芒虽然相当可观，但无法彻底驱除黑暗无涯的宇宙向我心中灌注的寒冷与恐慌。我感到令人难以忍受的孤独。我一边在几乎没有重力的小行星上努力保持身体的平衡，一边全力用目光搜索星空。我知道自己找寻邻居的努力是一种徒劳，虽然主小行星带的小行星数不胜数，但想用人的肉眼看见相邻的小行星，几乎是不可能的事。然而我仍然翘首扫视，徒劳地寻找着。

我的身体与太空服内衬的摩擦声在太空服里回荡，除此之外一片寂静。

我终于看见我的真正故乡了！亮莹莹的地球犹如上帝的眼珠，在高天之上注视着我。

地球啊，你可知你在我心中的地位是多么重要，你可知我对你的向往与渴求有多么强烈，你可知飘零于宇宙之中的游子的寂寞与痛苦，你知道吗？我慢慢落到地面上，双膝轻轻着地跪于异星的表层，又一次双手合十仰头从这宇宙的孤岛上注视着我的真正故乡，无声地祈祷着：我要回去，我想回去！这是发自我心灵最深处的呐喊。

这时我的耳中真正听不见任何声音了，绝对的寂静。只有我心里那沉默的呐喊在我体内回响。

许久之后，我站了起来。现实还是不肯后退半步，祈祷终归还只是祈祷，我回到地球的愿望还要再苦等一段时间才有实现的可能。我必须耐心等到攒够那笔钱之后，那笔法律规定的在外层空间谋求发展的人要取得地球永久居留权所必须缴纳的天文数字的钱。

这是一条专横的法律，制定于人类向太空大规模移民的时候，专门针对到太空来寻找出路谋求发展的私人小业主，作用是防止他们牟取暴利，尤其是不能让他们膨胀到形成势力，从而影响到地球经济圈的稳定，导致难以控制的后果。事情很简单，谁都看得出太空资源开发产业投入小却获利极巨，地球经济圈在与太空经济圈的交换中将会处于极为不利的地位。不平衡肯定将带来矛盾，而这个矛盾如果处理不当，极有可能形成一场巨大的灾难。巨量新资源的飞速输入和资金的大量外流必将导致失衡、混乱以及破坏。原本早已成型并发展成熟了的地球经济体系有可能被冲得七零八落，世界会发生天翻地覆的变化。究竟会有什么后果，即使最先进的电脑系统也难以准确预测……

所以太空开发事业不可以放任自流，更不能发展得太快，必须加以大力控制，因而完全有必要动用行政司法势力和强硬手段。于是，这条法律就这么诞生了。

法律规定：所有想在外层空间谋求发展的人，从他离开地球的那一刻起，他就自动地失去了地球公民的身份和权利，今后要想回到地球定居，就得拿出钱来，否则就只能在太空“村落”里生活一辈子了。大体上就是这么个意思。

不仅如此，双边贸易也由官方垄断，太空小业主只能向政府出售他们的产品，也只能从政府手中购买必需品，违者以走私罪从重处治。这是一种以不平衡对付不平衡的方法，政府以很低的价位收购矿产制品，而售出的必需品却价位奇高，这样太空小业主们的利润就被狠狠削刮了好几层。此外，运输也由官方彻底把持，那运费自然也……另外还有惊人的资源税和管理费，贷款利息更如一头双目眈眈的饿虎……没有任何二话可讲，任何人都知道这一切合法但不合理，然而，太阳的光芒可及的范围内已不存在讲理的地方。

本来，如果太空开发事业完全由政府官方独营就不会出现这种麻烦事了，但官方独营的生产方式自古以来就是腐败、低效率、低质量、高消耗、高浪费的代名词。再者太空中的小行星也太多了，并且太分散，仅在主小行星带，直径1000米左右的小行星就达五位数，直径100米左右的则至少又多了一个数量级，更小的那就没法精确统计了……由官方来开发实在不好管理。政府费尽九牛二虎之力霸占了直径100公里以上的“大块头”——其中大部分仅仅只是封禁了起来，其余的只好让个人或者小集体来开发。

但是，政府的宏观控制实在干得漂亮。地球经济圈在稳定中得到了快速发展和繁荣，却没有出现动荡局势，也没有经历阵痛。而太空小业主们也没有能“一夜暴富”，更没几个最终建立起那种尾大不掉的超级公司，这就防止了新型贫富分化局面以及各类不良社会后果的出现，更防止了太空公司对地球经济的控制，也阻止住了对太空资源的破坏性的疯狂开采。虽然这种环境对小业主们来说似乎不太公平，毕竟难成巨富，但捞一把发个财回地球还是不太难的，所以还是有不少的人愿意到太空来碰碰运气，并且生活。

太空中的生活绝无轻松愉快可言。母亲的温暖怀抱我没有享受太久，严格的训练我自小就开始接受，七八岁就已开始干活，从此一直劳累至今。其间我同冷酷的太空、官气十足的蛮横的地球政府官员、危险的走私贩子、狡猾的必需品供应商、脾气暴躁的运输飞船乘员斗争不息，全力把自己磨炼得刀枪不入、百毒不侵、心如铁石。很早我就悟出了在这蛮荒之域已没有脉脉温情的地位这一真理，我只能像一头野兽那样拼命搏斗不止，而不可以像天使一样沉溺于爱的海洋。放松的办法就是逃避到虚拟现实娱乐系统所营造的缥缈梦幻之中，或是出钱租个有性程序的人造美人来搓揉一顿……这就是我的生活。

肯定有人喜欢这样的生活，但是我对它深恶痛绝。生活不应该是这个样子的呀！虽然我账户上的阿拉伯数字几乎可以令每一个土生地球公民看了无法无动于衷，但对我并没有什么吸引力，我百分之百愿意用它们来换得在地球上的永久居留权。地球在我眼中，真是可望而不可即的遥远天堂，我不知我的手何日方能抓住天堂的门槛，从而从这地狱之中挣脱出去。多少次，我从美梦之中恋恋不舍地离去，面对这冷酷的现实失声痛哭。我其实根本做不到刀枪不入、百毒不侵、心如铁石，从未拥有的脉脉温情以及幸福美满的生活向我射出致命的诱惑，令我深陷于如沙漠深处垂死者一般的痛苦之中。这痛苦日复一日地折磨着我，除非回到地球，否则我不能得到解脱。只要能回到地球，我甘愿付出除生命以外的任何代价。

然而，我就是实现不了这个愿望，有人一直在阻止我。

谁？是谁在阻止我？我恼怒地发问，同时举目四顾。

目力所及之处，一片片白色的斑块漂浮在黑暗的虚无之上，并无任何人迹。

我转动身躯慢慢扫视着。

蓦地，一块反光的金属铭牌突如其来、不由分说地闯入我的视野。

那是一块墓碑，专为太空冒险家们设计制作的墓碑。

可是它下面埋葬着谁呢？

我回忆着。

但奇怪的是我的脑中仿佛有一个坚硬的硬块，它阻滞了我的思维，使我什么也想不起来。我想走过去看一看，但是我的双腿不执行大脑发出的命令，它们固执地僵直不动，不肯向前迈动。于是我只好站在原地皱着眉头苦苦地在漆黑的记忆中摸索。

渐渐地，我感到了一种震颤感。这种感觉很奇特，它很轻微、很轻微，却撼动了我全身的每一个细胞。我屏住气，全身心沉入这种似曾相识的感觉之中，回忆着。

震颤感在不断增强，同时我脑中的那个硬块也逐渐松动了，被封闭着的昔日之光星星点点地透了出来。不知为什么我的心慌乱起来，恐惧如同黑色的影子，从地面缓缓向我身上爬升。

震颤感猛烈地摇晃着我的全身。哦，对了，这种感觉是……是凿岩机在震动！是我在手执凿岩机挖掘坟墓！脑中的硬块轰然一声巨响，粉碎了，可怕的记忆如同滔天巨浪，呼啸而出，向我劈头猛压下来！我顿时无法呼吸。

就在这当口，我赫然发现那坟墓之上站着两个人！两个身穿我再熟悉不过的服装而未着太空服的人影。他们在注视着我。这让我毛骨悚然！记忆已变为一个正在疯狂喷吐熔岩的火山口，将炽热的往昔抛向我全身的每一个细胞。他们……他们……

我连连后退，仓皇间转身拼命奔逃。然而不知为何这颗小小的岩石块的重力竟骤然加大，我仿佛是在中子星上迈步奔跑，每一步都重若千斤，艰难极了！我强烈地感到他们正在一步一步、不紧不慢但速度远高于我地向我逼近！我怕得要死，汹涌的恐惧如同熊熊大火，在我背上肆意跳舞，我的意识已濒临崩溃。

魂飞魄散的我使出全身之力用于双腿之上，拼尽全力奔跑着，却不料一下子摔倒了！我只看见异星的大地如泰山压顶般向我的脸上压来……

“哇！什么人？！”我惊悸大叫，从床上一下坐起身来。

12平方米的斗室寂静无声，稀薄的晨曦正从窗外缓缓飘进来。我坐在床上，连喘粗气。

惊魂稍定，我感到口干舌燥，全身都是汗。这是他们第几回闯进我的梦中了？记不清了，实在记不清了……我竭尽全力拒绝回忆，可是梦境之乡不归我的理性管辖，这实在是一件糟糕的事情。

我无精打采地起身下床，走到门旁的简易洗脸池边，把头伸到水龙头下，拧开水龙头哗哗地狠冲了一气。

待清醒一点儿之后，我双手撑住洗脸池边缘，任凭头发上的水珠滴滴答答滴在池中。至此我才相信自己确实已从梦魇之中解脱了。

我擦干头发，穿上外衣，胡乱弄了点东西塞进胃里，戴上工厂配发的工作帽，开门走出了这间我租下的廉价小旅店的客房——现在这个人生之河上的孤岛就是我在地球上的家。我得去上班了。

走上这条宽阔得令人寂寞的全镇唯一的商业街，我深深地吸了一口清晨的清新空气。这样的空气对我来说比咖啡更为有效，这是真正的大自然中的空气，我的精神为之一振，这更进一步证实了我确实就身处地球的大气层之中。

清晨的薄雾正在散去，这座镇子正在醒来。这镇子确实还不错，环境很好，有青山，有碧水，有绿野。规模也还可以，五脏俱全，该有的基本上都有。至于人口嘛，在10000人以上哩！真的不少了，在如今依靠空间资源的输入而遍布着硕大无朋复杂无比的巨型都市的地球表层，乡村小镇能保住这么多人口真是相当不简单了，打了激素一般狂长不止的都市提供了无数诱人的机会，毫不留情地将人们大口大口地吸吞了进去。幸存的一些村镇依靠养殖那些在都市中销路还算不错的天然农产品和花卉，得以苟延残喘，勉强支撑了下来。这个镇子之所以还有万把多人口，经济上全赖有个规模相当可观的养鸡场存在。我就在这个肉食品供应股份公司下属的鸡肉加工厂干活。

进了厂，我换上工作服，准时站到了我的岗位上。我的工作就是手执利刃，一刀一个切割挂在生产流水线的铁钩上、已由机器宰好褪了毛的肉鸡的左胸脯肉。就这么简单，一个来了，先伸出右手抓住，再用左手挥刀一割，下来了，好，下一个。挺简单的工作。

我之所以能找到这份工作，唯一的原因就是因为我是个可以左右开弓的人。切割鸡胸脯肉必须是灵巧的人，这活计对智能机械的要求不低，所以还是用人成本低些，但普通人不方便切割左胸脯肉，非我这样的人或者左撇子不行。

刚刚宰好的肉鸡身上还有余热，有时肌肉都还在抽动。刚开始的那几天，我认定自己是干不了这种活计的，但40多天过去了，我再也没有了感觉，只是机械地切着、割着，来一个，切一个……

人类从来就没有尊重过生命。出生于太空的我以前从来不知道生命原来竟是这么贱，这么不值钱。看看这些仅用不到两个星期就催熟育成的鸡，在它们还根本不明白生命和世界是怎么一回事时，就上了人类的餐桌……人类一直在没命地吞吃从世界上榨取的资源和生命，身躯因此而不断膨胀，同时胃口也以几何级数增长，于是更加拼命地吃、喝！于是身躯愈加长大……人类所谓的文明便是依靠这种方式才得以建立、维持、发展、壮大的。我，就是因此而被抛进了冷冰冰的太空……可这一切又有何意义呢？我所遭遇的痛苦命运，我所受的那么多年的苦，我所付出的惨重代价，其意义究竟是什么？我其实与眼前的这些鸡没有什么本质上的不同。

但是我不能再往深处想下去了，也不能因此而感受到点儿什么，我必须留着神儿，这样才能跟上机器的速度，同时避免切伤自己的手。

本来我完全可以不用干这种辛苦危险的工作，只要我回到地球当局为我们这种人专门划定的社区，我就又能通过社区的专属银行动用我的财产了。我的财产虽然被地球当局想方设法地削刮了好多，但余下的部分仍然足可供我在地球上受用无穷了。然而在地球上，正常的人都应该工作，工作自古以来就是人类生活中很重要的组成部分，人类谓之“事业”，所以我也必须找个工作干干，我不希望我在付出了那样惨重的代价才回到地球后却过上了不正常的生活。

漫长的上午终于头也不回地从我身边走过去了。我放下刀子，脱掉工作服，出厂到街对面的快餐店去吃午饭。

快餐店的伙食味道相当不错，至少比我从前在另一个世界中吃到的东西要有滋味，因为这是从真正的泥土里长出来的。我认认真真地咀嚼着。

店内的人不少，其中相当一部分是我的同事，他们全都三三两两扎堆儿坐在一起，互相交谈、闲侃说笑，只有我一个人孤单单地坐在角落里。一个多月过去了，我和他们基本没说过什么话。回到地球后这两年的遭遇使我多少变得聪明些了，我知道我这样的人是不可以轻易和土生地球人交朋友的，因为我无论如何都不能让他们知道我是从外层空间回来的人。倘若我不够谨慎，让他们知道了我的身份，他们之中绝对会有人霍地跳出来对我大加刁难，想方设法地伤害我，在我身上肆无忌惮地施放他们那莫名其妙的怒火，而我不能奢望会有人同情我。这是不可以存有侥幸心理的，不信可以去看看电视新闻。

许多土生地球人都恨我们。没什么别的原因，就是因为我们的财富。他们称我们为“该死的暴发户”，对我们比他们有钱这一点怀有近乎变态的刻骨仇恨。他们认定地球上的一切不公、罪恶和丑恶全都是由我们在地球经济活动中兴风作浪所致。这与历史上土生地球人中的犹太人由于太会赚钱而得罪天下是一个道理。人类向来就有这个爱好，耐心翻翻历史书就一清二楚了，人类其实自从林中走出来的那一刻起，就不再是一个整体了。我们的出生地不在地球上，这就给了他们一个再好不过的不把我们视作同类的理由。

不过，话又说回来，事实上我们之中的相当一部分人也确实是在兴风作浪。大多数人之所以甘愿忍受危险清苦的太空生活，为的就是钱，攫取财富简直就是他们生存的唯一目的。好不容易吃尽苦头聚敛足了资本，怎么可能叫他们不再继续攫取？回到地球，他们就利用手中的巨额资本在投机市场上翻江倒海，或是四处投资，抢占有利可图的行业。这如何不招人恨？我也跟着受了连累，不得不时时刻刻小心留神，并用沉默和距离感把自己保护起来，结果落得孑然一身。

虽然如此，我仍然认为我从那种专为太空回归者设立的社区中逃出来是正确的。天哪，在那种地方，全部都是从外层空间回归的人，真是叫人发狂……我千方百计逃避回忆，但那儿尽是过去的烙印：书籍、绘画、建筑物风格、自办的电视节目、网上的信息、人们的服饰以及言谈……统统不离对过去的追忆。我不明白这些人为什么那么迷恋过去，真是见鬼了，要是喜欢外层空间的生活，干吗又要回到地球呢？为什么？为什么大家都不害怕回忆？在这种地球上的“太空村”里，我的恐惧显得那么格格不入，我因此而感到压抑，感到孤独，感到窒息。然而我只能一个人在黑夜中的高楼之顶独自号叫。

我出逃了。那种社区是给予不了我一直渴望的生活的，在那里我连内心的平静都得不到，触目皆令我伤怀。天哪，我不应该不顾一切地回到了地球却还得生活在过去的阴影之下呀！在那里，我不敢与别人交朋友，不敢去爱中意的女孩，随时随地都有可能被某件东西勾起痛苦的回忆……这不是真正的地球生活！除了出逃，我看不出还有什么别的出路。

午饭不一会儿就吃完了，还剩下半个多小时的空闲时间。我买了杯饮料，懒散地坐在椅子上慢腾腾地啜饮着。

这种时候最是令人难以忍受的，因为寂静。这镇子最大的缺点就是太安静了，有时静得让人恍惚觉得整个镇子就是一个巨大的墓地，而居民就是一群群半透明的、如雾气一般来去悄无声息的幽灵，就像一部古老的名叫《帕斯卡尔》的系列卡通片中的形象一样。

我害怕呀。虽然外面艳阳高照，但是我不敢离开人多的地方，不敢走到中午时分静悄悄的几无人迹的大街上，就好像那儿如同南极极点一般寒冷似的。

这个镇子我是颇为喜欢的，我在出逃之初并没有什么明确的目的地，只打算哪儿能吸引我就在哪儿驻足。我前后在六个都市和小镇居住过，目前看来这里最能吸引我，但缺点就是太安静了。没有办法，镇上的日常生活实在百无聊赖，绝大多数人一回到家就锁上门，一连看上四个小时的电视，或者在网上流连直到深更半夜，而孩子们依靠和网上素昧平生的高手较量游戏技艺来获取童年的欢乐，这就是所谓的正常世界的正常日常生活。他们实际上也生活在封闭的舱室之中。这样的生活模式多年一贯制，早成为历史悠久的传统了。我无可奈何地叹了口气，站起身来，走到自动点唱机前，投了枚硬币，随手在显示屏上触了一下，随便点了首歌，然后回到了我的座位上。

由于我开了个头，陆陆续续不断有人点歌。这可太好了，可帮了我的大忙，寂静被暂时驱除了，我心头的压力因此而得以减轻。我就在这些没油没盐的犹如夏日蝉鸣般的歌声中艰难地消磨着这僵硬坚固的午休时间。

总算到了下午上班时间，我和工友们一起再一次走进车间，开始继续为人类的文明而残害生灵。

下午我的情绪总是要高一些的，因为下班后我可以见到我所苦苦追寻的东西。我熟练利落地干着，心中期盼着下班铃声早些响起。

就在我累得以为下班铃声永远也不会响起的时候，它响了。于是我赶紧放下刀子，洗手、换衣，把帽子塞进衣袋，好好梳了梳头发，向快餐店走去。

还好，靠窗的座位还有几个。我利索地买了一份饭，坐到了一个这样的座位上。

就要来了，时间就要到了。我已无心咀嚼食物，只是侧着头目不转睛地盯着窗外。

窗外的大街上洒满红红的阳光。夕阳犹如佛祖的慈悲心怀，普照十方。遥远的天边，巨大的火烧云宛如一座硕大无朋的、充满童话色彩的城堡。也许，在那片火红的天地里，就居住着白马王子和他的公主。两人相识于花前月下，不幸有恶魔阻于他和她之间。不过这恶魔的存在只是为两人的最终结合制造波折，以显出王子的勇武和公主的忠贞，而不能真正阻止两人的最终结合。王子费了一番手脚，最终还是切下了魔王的首级，理所当然地得到了他的战利品——公主，于是从此两人幸福地生活在红色的城堡中，再也没有了烦恼、痛苦以及悲伤……唉，幸福若是如此这般便可以到手，叫我和真正的山中猛虎赤手相搏我也干……

她出现了。

我的心如遭电击一般猛地一下撞在我的胸腔壁上，我被一口气噎住，赶紧抛掉脑中乱七八糟的幻想，举目注视着她。

正是她吸引我留在了这个小镇。

这个女孩无疑是个美人，身材窈窕，鹅蛋脸型，长发飘逸，玉肤欺霜。但这些都不是最重要的，最重要的是她是我回到地球这两年所见到的最像我梦中情人的女孩。她的发式、她的气质、她的身材、她的脸型、她在服饰上的爱好，甚至她走路的姿势，都和我梦中的那个温柔的幻影相当接近。红尘之中恐怕再也没有人比她更像我梦中的女孩了，就仿佛冥冥之中真有那么一根红线在牵引似的，我被牵到了这里。我由衷感谢上天的安排。看着她轻盈盈地向我接近，我感受到了曾经体验过的激动与兴奋，呼吸随着心跳快速加快，眼底能清晰地感受到血管的脉动。

她就在不远处的镇政府里上班，每天的这个时候，她都要经过这条街，所以我每天都于此刻坐在窗前，等待她的出现。

她越走越近。我全神贯注地注视着她。她那随着微风轻轻飘动的白色上衣和蓝色长裙以及如黑色瀑布一样的长发使她看上去宛若云中仙女。血液在血管里快速流动的感觉清晰地从全身汇集到我的大脑中枢。是的，是这种感觉。就是这种感觉促使我在梦幻之中那么用力地拥抱着她。这就是爱与希望的充满魔力的甜美感觉啊！我就是为了这种感觉才付出了那么沉重的代价……我认认真真品尝着这种感觉。

她低着头旁若无人地轻轻走着路，目光害羞一般低垂着不肯升起来。不过我仍能看清她的眼神，我看见她的眼中透出一丝倦意。也许除了我，镇上所有刚下班的人的眼中都有这么一丝倦意。

我怎么会有倦意呢？我的心正在疯狂地跳动，全身都在因激动而微微颤抖。虽然此刻的感觉确实不如从前在幻境中那么强烈，她也比我的那个梦中情人逊色一筹，但我仍然更愿意品味现在的感觉，更愿意欣赏与幻影相比并不算完美的她，因为这些都是真实的，不是虚幻的。她是真的，我的感觉也是真的，幸福就在距我数米之遥的地方。我贪婪地品味着，每一微秒都珍贵无比。

她走到我的眼前了，我只觉得她行走时所搅动的温馨的空气在触摸我脸上的皮肤。世界真美啊！这时在我的眼中，一切都是那么美丽，阳光、空气、街道、人群、楼房、山峦、云朵……无一不在颤抖、晃动，这与当年虚幻之乡中的都市街景给我的感觉一样。泪水悄无声息地将世界浸润于模糊之中，轻轻的抽泣之声从我的唇间淌入耳中。值啊，真不枉了我拼尽全力回到这里……一瞬间我陷入了滞然迷离之中，恍惚间只觉得梦想已经成真……不知姓名的女孩啊，你可知你身上寄托着我这一生全部的希望……

然而她根本没有意识到我的存在。她无动于衷地从我身边轻轻松松地走过，扬长而去……去继续属于她自己的生活。也许，她的情人正在等待着她的轻吻。我的目光追随着她的背影，一点点在夕阳下的大街上移动，直到她消失在一个岔路口。

我颓然地垂下头，一阵淡淡的忧伤悄然袭来。只是片刻之间，这稀薄的忧伤迅速转变为浓重的悲哀，汩汩地把我一点点淹没。黑夜又要降临了，一天又要过去了……这就是我的生活，在我真正的故乡的真正的生活。

我并没有得到我想要的生活。

一个人要想拥有真正幸福的人生，至少必须拥有三样东西，那就是事业、爱情和朋友。可我却一样也没有得到，两年了，我依旧孑然一身、两手空空地伫立在这陌生的故乡。

这就是我的生活，这就是我付出了惨重的代价才得来的生活……就是为了这样的生活，我故意没有将爸爸的太空服生命保障系统的电充足……

爸爸是一个胸怀大志、雄心勃勃的人，他年轻时就决然地带上深爱着他、心甘情愿跟随他到天涯海角的妻子——也就是我的妈妈，凭借贷款在小行星上建立起了他事业的开端。他与那些到太空来干“一票捞”买卖的投机者截然不同，他轻蔑地称那些人为“目光短浅的鼠辈”。他的志向根本不是仅仅成个富家翁就算了。他无数次向我诉说他的理想、他的希望、他的宏图大业：他要成为太空开发时代的福特、洛克菲勒和比尔·盖茨。他说在一个已然发展成熟的经济圈里，自由奋斗的斗士的主观努力已是不足道哉的东西，资本才是决定一切的魔杖，所以普通人在地球上可以说是没有机会的，飞黄腾达的唯一希望在太空。太空开发事业才刚刚起步，而刚刚起步的事业总是能造就伟人，因为机会遍地皆是。此时不取，悔之晚矣，先入者必为主，富翁算得了什么，大丈夫必须成为历史的一部分！所以，尽管几乎一无所有，他仍不顾一切地闯入了太空，立志要创立一个足以在历史上留下痕迹的公司帝国，一个太空矿业托拉斯！

可我却偏偏是个胸无大志的、不成器的东西。我不能理解他的雄心壮志，不能理解那个小小的太空矿业作坊对于白手起家的他有多么重要，不能理解为什么偏偏是我出生在这冷酷黑暗的太空，更不能理解我为什么从七八岁起便得像个童工似的在那颗丑陋的小行星上拼命干活。妈妈的温柔使我知道生活还有另外一种样子，我很小就本能地向往着那种生活。随着年龄的增长和对信息的理解能力的日益增强，我的不满与日俱增，艰苦危险的太空开发生活令我越来越强烈地向往着地球上的幸福生活。虽然在几次冲突之中爸爸的态度极为强硬，但我在内心深处仍然还是认为他最终会将攒下的钱用在购买地球居留权上，我不相信会有人对地球的巨大吸引力无动于衷。我一直盘算着在漫长等待之后回到地球怎么充分享受生活的芬芳。

直到爸爸又买下了两颗小行星并把钱全投在了购买设备、招募人员、组建公司上之后，我才真正彻底认识到我和他之间的矛盾不可调和，即使妈妈的温柔也不行……看着业务拓展给他带来的无可比拟的欢欣，听着他所说的“这才刚刚开始”的话，我绝望地意识到此人的铁石之心无法打动。我曾花费了无数的时间来设计我回到地球之后的生活，却原来只是镜中之花，极度的失望令我愤怒到了极点！我气疯了！于是我……

事发之后，没过多久，妈妈也死了，她是病死的，不是我……由此我才得以卖掉公司回到了地球。

我的双手十指在桌下可怕地绞在一起，咕咕作响。我将额头抵在桌沿上，全身缩成一团，龇牙咧嘴地忍受着此刻突如其来的、无可形容的、足以撕裂我的灵魂的巨大痛苦。“不是我的错……”我艰难地挤出这么一句话，申辩着。我现在不敢也不能相信那可怕的事是我干的。不！不可能是我干的呀……我一直在追寻铸成大错的真正元凶。但我至今也说不清究竟是谁造成了这一切。究竟是不是我呢？究竟是谁呢？

过了好一阵子，可怕的痛苦痉挛终于熬过去了，我全身放松，但仍保持着原来的姿势，连连大口喘气。我发觉自己今天又一次全身被汗水浸透。我没有得到任何我想要的东西，而可怕的十字架却已死死地钉在了我的背上，再也不可能卸下了……

大致恢复了常态后，我抬起头来。天色已暗，店内已经亮起了灯，一些食客惊异的神色刚刚收敛，又若无其事地吃喝交谈起来。我把目光移向自己的晚饭，晚饭才吃了一半。我呆呆地看了它好一会儿，终于决定把晚餐继续下去。

我慢慢地一口一口地吃着，也不嫌饭凉。我认认真真地把饭吃得一点也不剩。

出了店门，并不显温柔而是给人以肃穆悲凉之感的蓝色暮霭已罩定大地，凉凉的晚风在小镇的街道上快速流动，星星点点的灯火犹如正准备跃入天空的群星。我深深地吸了一口气，肺叶给扯得向上一缩。我决定了：明天，再一次见到她之时，我无论如何也要鼓足勇气向她送上第一束鲜花。我得追寻下去，我必须追寻下去，追寻我的爱情、我的事业、我的朋友，追寻真正幸福的生活。沉重的十字架也好，间或袭来的可怕痛苦也好，危险的仇恨与敌意也好，苍白乏味的现实生活也好，她的冷漠与毫不在意也好，都不能阻止我继续追寻。因为我已没有退路。倘若我消失于黑暗之中，整个世界——地球也好、外层空间也好，已没有人会为我而哭泣。所以我必须怀着殊死的决心全力以赴生存下去，追寻下去，直到我真正抓住我为之付出了无比惨重的代价的东西为止。到那时，我想我就可以幸福地生活下去了，陌陌红尘之中就会有人为我的不幸、我的痛苦而哭泣了。

我裹紧上衣，低下头，快步冲入黑沉沉的夜幕之中。

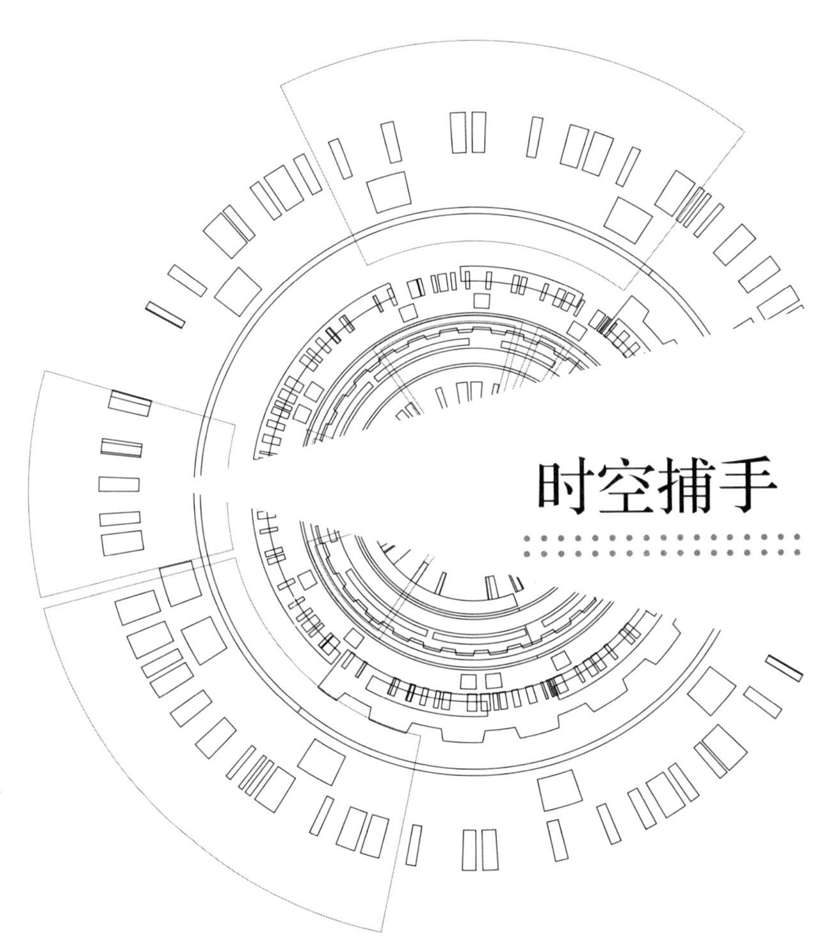

# 时空捕手

风从谷口呼啸着卷来，将山谷里这条土路上的落叶和尘埃扬向空中。路边，泛黄的茅草在秋风中颤抖。天空中看不见太阳，泛着白光的浓厚云层布满天空，笼罩着这个冰冷的山谷。

看着眼前的这一切，贺小舟想起两句古诗："秋风萧瑟天气凉，草木摇落露为霜。"现在，他才真正领会了这两句诗所刻画的意境。一时间他比以往更喜爱这两句诗了。

当初他是从女友慧慧那儿知道这两句诗的。慧慧十分喜爱古典文学，经常从古诗的海洋中挑选出自己喜爱的诗句念给他听。他在众多名句中一下子喜欢上了这两句，一个人独处时，经常反复地念个不停。但是不知为什么，他一直不能完完全全地领会诗中的意境。

哦，慧慧。贺小舟慢慢走到路边，在一块大石头上坐下，从怀中摸出一朵铂制小花，在手中把玩着。这是慧慧送给他的礼物。他和慧慧是在中学里认识的，当时他和她头一次见面，彼此就有一种奇妙的感觉，而这种感觉使他和她之间产生了一种距离。他和她都不敢和对方谈话，也不敢互开玩笑，只要一接触，两人就脸红。就是这种感觉使他和她在彼此眼中与其他同学迥然不同。两人一直就这么保持着若即若离的状态，仿佛等待着什么。以后的几年中，命运分外开恩地一直没有拆散他们。在不断的接触中，他和她终于相爱了。他们爱得很深、很纯，真正全心全意地爱着对方。在作出每一次选择之前，他们总是先想着对方。

这朵铂花很花了慧慧的一部分积蓄，但她还是毫不犹豫地买了。

"这是在哪儿买的？"贺小舟回想着当初慧慧将这朵铂花放在他手上时的情景。

"我自己做的，"慧慧得意地说，"没想到吧。告诉你，我们家祖上可出过好几个著名的金匠，他们的手艺好着呢！不过，现在这种手艺用不上啦，我也只是学着玩玩而已。我做了两朵一模一样的，你一朵，我留一朵。怎么样，做得还好看吧？”

“好看！”贺小舟在心中念叨着。的确，虽然这朵铂花做工并不是很精致，完全不能与机制工艺品相比，但是在他的眼中是最美丽、最动人的，因为这是慧慧亲手为他做的。每当他观赏它时，慧慧就带着她的微笑和她的吻出现在他的眼前，他就能感到温柔的爱意在心中荡漾。然而现在，他感到了深深的惆怅，因为他与自己所爱的人已相距了2600多年的时光。

贺小舟是来自23世纪的时空捕手。他肩负着时空管理局的重要任务，跨越茫茫时空来到了公元前400年的战国时代。这个世界不属于他，他也不属于这个世界，他所爱的一切都留在了23世纪。即便是他所喜爱的那两句诗的作者——三国时的魏文帝曹丕，也还有近600年才会降生。一想到自己的所爱已与自己远隔2600多年，贺小舟就感到心中发慌，呼吸不畅。他抬头凝视天空，仿佛看到了慧慧的面容。她正穿越茫茫时空，向他送来甜美的微笑。

许久，贺小舟才怅然地收回目光，回想着自己领受任务时的那一刻。

“今天我们又监测到了一束异常能量波。”副局长向贺小舟介绍着情况，他的声音和他的面容一样死板。贺小舟一直不理解为什么今天见到的同事几乎全都是不苟言笑的铁面人。“这表明又有人利用超时空输送装置回到了过去的时代。往昔世界任何人的命运的改变，都会或多或少地改变我们这个世界。这个道理从你一进局里以来就一直在重复，在这里我还要重复一遍。往昔世界不是那些落魄者的冒险乐园！必须有人阻止他们的疯狂行为！小舟，这次轮到你了。”副局长朝他点了点头，然后按动了办公桌上的一个按钮。他对面的墙壁立刻亮了起来，显出了一幅三维立体地图。副局长有些费力地站起身来，走到墙壁前面。

“小舟，你过来。”他向贺小舟招呼着。

贺小舟吸了一口气，迈动有些发僵的双腿走到了副局长身边。

“喏，那个偷渡者的位置坐标是在这里。从监测到的波束能量大小来判断，偷渡者只有一个人。其时间坐标是，公元前400年11月10日下午2时整，你将与他同时到达这个时刻。不过，你知道的，两股波束距离太近就会发生干扰现象。为了你的安全起见，你的位置坐标定在这里，喏，这儿，看见了吗？这样你与他相距一段距离，不过，你不必主动去追寻他。那一带只有这么一条路，他必定从这里过去。你就在这儿，这个山谷里阻击他。这次任务很简单，你不必混迹于往昔世界的人群之中，因而也就不会有多大危险。你是头一次执行任务吧？这是个很好的锻炼机会。记住，你在那条路上遇见的头一个人，很可能就是那个偷渡者，因为那一带人迹罕至。完成任务后，你就到这儿，在这个小山顶上等待我们将你弄回来，时间是四个小时之后。记住了吗？嗯，这是完成这次任务所必需的装备。”副局长一指办公桌上的一个行军包，“这里有两份药，你出发前吃一份，回来之前再吃另一份。它是用来防止传输过程中的射线伤害的，千万要吃。好了，该说的就这么多了，其余的你在训练中想必都见识过了。去吧，去输送部吧。”说完，副局长疲惫地叹了一口气。

贺小舟默默地拿起行军包，向门口走去。他在门口停顿了一下，转过头去看这位副局长。他很想和他说几句与工作无关的告别词，哪怕是在这个世界内部做“位置坐标移动”的人，临出发时心里也是很惆怅的，何况是一个“位置”和“时间”坐标都要改变的人呢！

贺小舟渴望听到一些暖心的话，哪怕一句也行。但看到副局长疲惫的样子，他终于咽下了已到喉头的话。

贺小舟站在像电梯间一样的时空输送室里，看着室外操作员忙忙碌碌地做着最后的准备工作。药他已经吃下，但他还是担心。穿越时空是一件很复杂的事，稍有不慎就会铸成大错，他感到两腿有些发抖。毕竟这是他头一次穿越时空。他按了按胸前内衣口袋里慧慧送的铂花，稍微感到踏实了一些。他现在很想见慧慧一面，但他知道这是不可能的，军令如山，没有时间耽于儿女私情。可他实在抑制不住自己心中巨浪般的情感浪潮，他感到眼睛湿润了。

一位穿着白色工作服、梳着马尾辫的女操作员向他走来。她启动了输送室的自动门。

这个自己所属的世界随着门板的移动而缩小。贺小舟竭力向门外望去，看见那个女操作员正注视着他的脸。这时他发现那女孩原本肃穆的脸上掠过一丝忧伤。“真漂亮啊！”门关上后，他不由自主地说道。那个女孩让他想起了慧慧。在这个封闭的狭小世界里，强烈的孤独感和愈来愈浓的恐惧使他对那个女孩产生了强烈的爱意。眼泪从他的眼眶中滚落下来，他还没有来得及擦拭，眼前就一片强光闪耀……

贺小舟将手中的铂花举到眼前，凝视着它。他现在不能原谅自己当时对慧慧的“不忠”。

慧慧是最美的，她比什么姑娘都强。他太熟悉慧慧了，他熟悉她的嘴唇，熟悉她的睫毛，熟悉她乌黑透亮的眸子，熟悉她如瀑布般的长发。她是最美的。贺小舟记起自己和她曾经在碧蓝的大海中畅游，曾经在花丛中追逐嬉戏，曾经在银装素裹的花园里打雪仗，曾经在摩天大楼的天台上一同观赏美丽的街景，曾经在晚风中相互倾诉衷肠……那些场面如电影画面一样在他的脑海中闪现。太美了，太完美了，让人无法相信那一切是真的。对了，也许根本就是一场梦。在梦中，慧慧就像仙女一样美丽动人、善解人意，却可望而不可即。想到这儿，他怅然若失。

然而铂花发出的光芒使他清醒了。那一切不是梦，而是真正发生过的。一点也不错，它们发生过，并在他的脑海里刻下了印记，这使他感到心里暖暖的。这种感觉愈发证明：他爱慧慧。

他不止一次设想过将来他和她共同生活的情景，那是一种令人激动、使人遐想联翩的迷人情景。现在他却不敢设想了，因为肩头的任务妨碍了他，待会儿他将要杀死一个人。

所有偷渡者都必被处死，这已经成为一条世界通行的法律。他们威胁的是整个世界，按照破坏世界安定和平以及反人类的罪名，他们必须被处以死刑！虽然整个社会不会谴责死刑的执行者，相反，他们还被尊为英雄，但贺小舟还是不能做到杀死一个人而心安理得。他无法确认在杀了人以后，自己以及自己的生活会发生什么变化，也不敢想象自己对慧慧的爱是否会受到妨碍。

贺小舟抬起头注视着山谷那一头，还是没有人出现。那些偷渡客都是些什么样的人？贺小舟寻思着。时空管理局上下一致认为，他们都是些一事无成的人。这些人在他们所属的世界中找不到发展的机会，于是冒险回到往昔世界，以求干一番事业，不虚此生。仅仅一事无成就招来死亡，这似乎有些令人不能接受。直到现在仍没有人确认这些偷渡者是否真会使将来的世界发生改变，但谁也不敢去证实一下。这个险不能冒，如同赌桌上的砝码太沉太重，谁也玩不起这个游戏。

蓦地，贺小舟听见了隐隐约约的脚步声，全身肌肉猛然收缩。他屏息仔细地听了几秒钟，突然转身隐入了路边比人还高的茅草丛中。

没多久，一个人就出现在贺小周的视野中。从服装打扮上肯定分辨不出他是不是偷渡者，有本事穿越时空的人，自然做好了可以彻底与他所要前往的时代的环境融为一体的准备，然而这瞒不过射线检测仪的检测。穿越时空的人身上会辐射出较强的放射线，眼下射线检测仪有了明显的反应。那么就是他了！行动吧！

就在那个偷渡客走到贺小舟藏身之处的前面时，贺小舟鼓足全身的力气，如猛虎一般从茅草丛中猛地飞窜出来，一下子就把偷渡客扑倒了。

那个偷渡客并不彪悍，两拳下去就基本上没有什么反抗动作了。贺小舟站起身，从容地摸出手枪指着他，然后连喘了几大口气，不是累的，完全是紧张造成的。不过现在他轻松了，尽管心脏还在咚咚作响，但他已经感到了长跑过后休息时的那种舒服。贺小舟伸手在脸颊上摸了一把，一看，满手是被茅草划破脸皮流出的血，可脸上竟然一点儿也不疼。他把手在衣襟上擦了擦，从衣袋里掏出精致的时空管理局的徽章。“给我起来！”他大声喝令着，“知道我是什么人吗？”他把徽章在那人眼前一晃。

“知道。”那人一边抹着嘴角的血迹，一边回答，一口纯正的普通话。一点儿也没错，是个时空偷渡者。贺小舟又喘了一口气，把枪口连续向上抬了抬，示意那人站起来。偷渡客吃力地从地上慢慢站起来，贺小舟这才发现他的身材有些单薄。偷渡客摇晃了几下，终于站稳了。贺小舟注意到他的手在发抖。

“知道就好。伙计，这一切只能怨你自己。你不属于这个时代，没有人可以超越他所属的时代。我，不能为此负责。”贺小舟一边机械地背诵着教官教授的语句，一边把手枪抬了起来，将枪口逼近偷渡者的左眼。他眯起双眼，深吸了一口气……

“等一等！请等一等！”偷渡客突然开了口，极度恐惧使他的声音变了调，“我不能就这么死了。我耗尽了我的财产和我的勇气才来到这里，不能就这么死去。我请求你，让我看一看这里的人们和他们的生活，好吗？我就是为了他们而来的，不见他们一面就死了，我实在不甘心。你放心，我不会逃跑，我只想见他们一面。对于一个将死之人的最后一个心愿，你是不会打碎它的，对吗？”偷渡客直视着贺小舟的眼睛。

贺小舟觉得有些手软，搏击和鲜血所激起的野性如流水一般消失一空。他确实缺乏足够的勇气打碎这个人的心愿。偷渡客那单薄的身躯、发抖的双手以及沙哑的嗓音，都让他不由自主地产生了同情。这种同情就如在风雪弥漫的冬夜走入一间暖气充足的房子一样，让人全身变得软软的、暖暖的……他杀人的决心被动摇了。贺小舟硬撑着自己外表的冷漠，使出全力不让自己回避偷渡客的目光。他现在怎么也不敢立刻就扣动扳机，如果让偷渡客抱着遗憾死去的话，他贺小舟的灵魂会痛苦许久的。“答应他吧！”一个声音对贺小舟说。贺小舟想，先满足偷渡客这一个请求，然后在他提出第二个请求之前杀了他。

“好吧。”贺小舟说，“拿起你的包袱。”他的声音仍是冷冰冰的。

偷渡客慢慢弯下腰拾起包袱，小心地拍去上面的尘土，背到肩上，转身迈开了步子。贺小舟在偷渡客身后一米多远的地方紧紧盯着他，随着他前进。

贺小舟没有失去理智，他仔细考虑过了。还在他使用射线检测仪进行检测之前，他就用X射线透视镜扫描过那个偷渡客了。他没有发现偷渡客藏有武器，因此不怕偷渡客玩什么花招。

而偷渡客在体力上也远逊于他，徒手格斗的结果会呈一边倒的态势。并且贺小舟的手枪上装有指纹识别装置，除了他，没有人能打得响。贺小舟想不出还有什么危险，但他还是十分小心，目光须臾不离偷渡客的身躯。

半小时后，贺小舟押着那个偷渡客来到了山腰一块突出的悬崖上。他们早已离开那条土路，是沿着崎岖的山路来到这儿的。

偷渡客走到悬崖的边缘，向下俯瞰着。贺小舟小心地站在他身后，盯着他，防备着他将自己推下悬崖的可能。在他们脚下，离他们不远的地方，公元前400年的人们正在为了能在这个自己所属的时代活下去而劳作。

这是一个不小的村庄。村里成片的茅草房屋错落有致，被这些茅草房隔开的街道上，间或有神色疲惫而漠然的人走过，只有孩子们偶尔发出嬉闹的笑声。村东头的一口水井旁，一个人把头俯在水桶里大口喝着刚从井里打上来的凉水。村里修理农具的、单调的叮当声打破了沉沉的死寂气氛。阴暗的小手工作坊里传出不绝于耳的纺机声，妇女们正在纺织粗糙的麻布，用它给自己的丈夫和孩子缝制寒衣。村外，已经收割后的田里稀稀拉拉地长着些野草，大风从枯黄的土地上拂起黄尘。

看得出这个时代的人生活得不怎么幸福。贺小舟把目光从山下收回来，他对这个发现不感兴趣。每个时代都有其特定的生活方式，谁也不能超越时代。

偷渡客突然跪在了悬崖边上，双手当胸合十，转过头来问贺小舟：

“你信佛吗？”

“不信。”贺小舟摇了摇头。

“我信。”偷渡客说。他低下头，开始闭目诵经。

“他也许在超度自己的灵魂，”贺小舟想，“让他祈祷完吧，还有时间。”贺小舟盘算着，就算祈祷、处刑、销毁尸体一共需用一个小时，也还有两个多小时的时间，完全可以赶到返回地点。伙计，好好祈祷吧。贺小舟这时还真希望能有佛祖和灵魂存在，那样的话，自己也许就不会再为一个人将彻底从世界上消失而感到忧伤了。

“你知不知道我的名字？”偷渡客头也不回地问。

“不，我不知道，也不想知道。”贺小舟立刻回答，说话的声音有些急促。是的，贺小舟害怕知道这个人的名字，害怕知道了之后自己将来会忍不住去查看这个人的档案，了解他的情况。这样一来，贺小舟就会接触到这个人的人生，就会了解他的爱好、他的亲人、他的思想、他的眷恋、他的德行……这一切会深深刻入贺小舟的大脑沟回中，使自己无法忘却这个人，无法忘却是自己使这一切成为毫无意义的过去。有朝一日，所知的有关这个人的一切肯定会伴随着悔恨从自己的心底喷出，啃噬自己的灵魂。不，不能知道。对于时空捕手，忘性是第一重要的。

“我的生命是一片空白。”偷渡客似乎一心要与贺小舟作对，自言自语地说起了自己的经历，“我的生活中充满了挫折与失败。我从小就对我们中华民族的传统文化十分着迷，这与我所受到的传统教育有直接的关系。长大后，我确实沿着长辈们希冀的生活道路走的，我学的是中医，希望能靠它在社会上安身立命。但事实证明，我选择的是一条落落寡合、不合时代的路。我与时代格格不入，我在社会上找不到可以交流思想的人，甚至连谋生都很艰难。中医早已不是热门的行当了，没有多少人愿意依靠中医治病。除了最出色的几个老中医，其余中医没什么前途可言。我的医术并不高明，因此倒了许多霉。我热爱传统文化，但没能找到一种方法将它们消化吸收，以适应现代的社会。这就是我失败的原因。我曾力图摆脱命运的控制，但是我的性格形成时期早已过去，我无法再为自己树立一套新的价值观、寻找到一条新的生活道路。我其实并不缺钱花，但我不愿意依靠家族的遗产来过活。我要实现我自身存在的价值，我渴望能不断亲手医治好病人。但这个愿望在我们那个时代是不可能实现的，于是我耗尽了属于自己的那份遗产，来到了这里。我知道，这里的人们需要我，我的医术可以在这里派上大用场，在这里我的生命将有意义，不会再因空虚而伤心。”说到这儿，偷渡客转过头，盯住贺小舟，“看看这里的人们吧，看看他们的生活吧。他们的生活就如同秋风中的树叶一样，朝不保夕。这个村子里有不少人将连今年冬天都熬不过去，而我可以使许多家庭免于破裂，可以使许多孩子免于夭折。我不能死！放过我吧，求求你了，放过我吧！”偷渡客凄声恳求着。

贺小舟避开他的双眼，低头抬腕看了一下表，然后用尽可能无动于衷的语气说：“时间不多了，我再给你五分钟。伙计，回忆回忆我们那个时代令你留恋的东西吧，回忆一下你的生活中美好的一面，那样你会好受些。”偷渡客于是慢慢转回头，又开始低声诵经。贺小舟慢慢扣动扳机。他干得很轻、很慢、很小心，生怕让偷渡客听见了。贺小舟改变了主意，不能让这个人祈祷完。如果让他全身肌肉悚缩地感受到枪口顶住后脑勺的话，他会在恐惧中死得很痛苦，还是让他毫无心理准备地去天国吧，那样就不会有痛苦与恐惧。就这么定了，干吧！贺小舟猛地抬起手枪，像往日上射击训练课一样，双手握枪，眯起眼睛，深吸一口气，憋住，扣动了扳机。

偷渡客的后脑勺在子弹的撞击下四分五裂。由于手枪上装有消音装置，头骨碎裂的声音清晰可闻。他的身躯像一段木桩一样摔在岩石上，其实在撞地之前他就已经死了。血从他的身下流出，顺着石缝向下淌去，滴在山下的土地上。

贺小舟徐徐吐出肺叶里的空气，慢慢放低双臂。他感到双手僵得厉害。他费劲地收起手枪，使劲甩了甩双臂。他要让血液流快一些。片刻之后，贺小舟走到偷渡客的尸体旁，弯下腰抓住他的双脚，把他拖到了距离悬崖边缘七八米的地方。然后，贺小舟捡起了偷渡客的包袱。他本想打开看看里面有些什么，但旋即放弃了这个念头。包袱里无非是些灸条银针之类的医疗物品，看了让人伤心，不看也罢。贺小舟将包袱扔到偷渡客的尸体上，然后从行军包里掏出一个瓶子。这个瓶子里装着的是高能燃烧剂。贺小舟打开瓶塞，将里面那银色的粉末撒到偷渡客的尸体上面。撒完后，他向后退了几步，从行军包里取出一小块引火剂，扔到了尸体上。

呼的一声，火燃烧了起来。特种燃烧剂燃烧时没有烟，火苗也不高，一点也不刺眼，但贺小舟仍不愿看这场面。他转过身，走到悬崖边，茫然地看着山下村庄里一群玩耍的孩子。

十分钟之后，贺小舟已经彻底感觉不到身后的热气了。他转过身，看到偷渡客的尸体已经消失，地上只剩下一些白灰，不能相信这就是那个偷渡客。那个偷渡客已经彻底从这个世界上消失啦！贺小舟感到忧伤正在爬上自己的脸。他拂了拂身上的灰尘，小心地绕开那堆白灰，向约定地点走去。他没有再回一次头。

在山顶的岩石上坐定之后，贺小舟抬腕看了一下表，还有半个多小时。现在没事可干啦，贺小舟放眼四周。在山顶上，视野十分开阔，山峦和平原交错相间。不知道为什么，贺小舟觉得仿佛是自己生来头一次在山顶上观看山景，一时间他感慨万千。任务已经完成，他却没有那种如释重负的轻松感觉，相反，他感到心里难受得厉害，就像被盐酸腐蚀一样。他的眼圈有些异样的感觉，就像出发前那一刹那的感觉。

“为什么不能把偷渡客弄回他出发的时代呢，就像现在我这样？”贺小舟思忖着，“我完全可以给他注射一针麻醉剂，把他背到这儿来。为什么不能给他一个机会？他是一个好人啊！法律啊，难道你注定是铁面无情的代名词吗？”

“可是，把偷渡客抓回去，他的命运会是什么呢？肯定会被判刑、入狱。他已经没有了财产，也没有安身立命的技能，出狱后也只能靠领取救济金生活。像他那样的人，对这种生活能忍受得住吗？也许，让他死在这个他向往的时代，对他来说痛苦是最小的。”这么一想，贺小舟才略感释然。

“可是，这对我来说太痛苦了。”贺小舟的心又缩紧了，“慧慧啊，但愿今后我和你在一起时还会发出由衷的开怀笑声，但愿这发生在2600多年前的噩梦不会在意想不到的时刻从我的心底跳出来，妨碍我们的爱情。”

贺小舟在山顶的大风中坐了很久。当时间还剩六七分钟的时候，贺小舟从行军包里取出剩下的那一份用来防止辐射伤害的药物，吞了下去。“但愿能有让我的心永保平静的药。”服药时贺小舟的脑中闪过这么一个念头。

约莫过了一分钟，贺小舟突然感到好像有什么东西在胃里缓慢地阴燃。这种感觉片刻后就令他难受了，他站起身来，抚摸着胃部，大口吸着冰冷的山风。他希望这只是由杀人造成的心理不适而引起的生理反应。

然而现实让贺小舟很快明白：自己失算了。不适感很快发展成为灼烧般的疼痛。贺小舟疼得跪倒在地上，大声地呻吟起来。

剧烈的疼痛令贺小舟将两手十指插入了泥土里，但是他的大脑并没有被疼痛干扰，而是在飞速转动。蓦地，一个念头猛地在他的大脑中一闪，这个念头令他如同掉进了冰窟一般。尽管现在灼烧般的疼痛正在向全身扩散，他却禁不住发起抖来。巨大的恐慌夹杂着恶寒开始向他的全身放射。恐惧、惊慌、愤怒一齐向他的大脑涌来，令他的脑汁都沸腾了。贺小舟猛地站起身来，向山下跑去。

他跌跌撞撞地跑着，徒劳地试图摆脱那五内俱焚的剧痛。他跌了一个又一个跟头，但他仍竭力站起来不停地跑着。他大声啜泣着。现在他感觉到了足以致命的孤独感，他渴望在临死前能见到一个人。然而不会有人的，他花了近两个小时才走到了这里，此地已远离了人烟。他再也跑不动了，于是站住脚，仰头对着阴沉沉的天空大声地喝问："这是为什么？我不想死啊！"就在这时，体内的药物向他发动了最后的总攻击。他的身体朝后一仰，弯成了一个大弧形。"慧慧！"随着这个人最后这一声愤怒的巨吼，他整个人像一束巨大的火炬一样燃烧了，就如两个半小时以前的那个偷渡客一样。

十分钟后，大地上又多了一堆白灰，而少了一个人。秋风徐徐拂来，将白灰扬向永恒不灭的天空。一朵铂花从白灰中露了出来。它发出银白色的光芒，向整个世界显示着自己的存在。

风摇曳着树枝，将残存的枯叶抖落下来，吹到地上。

一片枯叶落在了倪慧的肩头。她轻轻将它拂下，顺便将风衣衣领竖了起来。秋风令人的身体和心灵都感到了寒意。11月的阳光苍白而无力，无法带给人们温暖。倪慧将双臂抱在胸前，低头梦呓般轻声念着："秋风萧瑟天气凉，草木摇落露为霜。"

倪慧现在的心情是悲伤的，因为贺小舟走了。他离她而去了，永远地走出了她的生活，再也不回转了。

不，他其实从未真正走入过她的生活。直到今天，贺小舟站在时空输送室，她为他关上自动门之前，她从未与他面对面地对视过。她以前一直只是通过电脑与贺小舟交流。

贺小舟不是人，只是一种用克隆技术培育出来的"人形生物"——时空管理局通用的术语就是这么称呼他们的。他们之所以会存在，是因为现在时空管理局还没有办法将被送到往昔世界中的人和物体弄回来。除非将整套的超时空传输装置传送到往昔世界去，在那里建立输回基地。但时间和空间的领域是如此的广大，不可能聚集如此巨大的能量。所以，被送到往昔世界的探测器，在完成了使命之后便要自动销毁，以免对历史造成干扰。不过，要想制止时空偷渡，呆板的机器人是难以胜任的，于是他们这种时空捕手便应运而生了。在出发之前，他们都会吃一份药，无论他们先吃那两份药中的哪一份，都暂时不会有问题，而一旦吃下了第二份，两种药物便会在体内发生剧烈的反应，产生高热将服药者焚化。

这就是时空捕手蜉蝣般的生命。他们存在的使命只有一个，即消灭不合时代的人。完成使命之后，他们自己也随之毁灭，因为他们不属于任何一个时代，只是一群出没于各个时代的幻影。

本来法律上有对克隆人权利的保障。但时空偷渡客问题是一个死结，法律只能对时空管理局网开一面。

所有的时空捕手刚诞生时都是大脑空空如也的白痴，他们有关客观世界的所有记忆，都得依靠电脑输进大脑。对于输入的记忆，时空管理局制定有标准的软件，包括基本履历、家庭状况、日常生活以及学习工作时的情景、基本常识、必要的专业知识、格斗与使用武器的技能等等。最重要的一条，就是对于使命的忠诚。这一条深植于他们的潜意识之中，保证他们绝对不会背叛使命。

除这种标准的记忆制式以外，时空管理局授权心理训导师们可以给克隆人输入一定的随机记忆。这种记忆可以是家庭琐事、童年玩耍的情景、对某一运动或某种娱乐方式的迷恋等。这么做的目的，就是要使克隆人相信自己是真正的人，不对自己的身份发生怀疑。因为克隆人是用来完成相当复杂的任务的，他们执行任务时全得依靠自己的独立行动能力，因此不能太迟钝，得有足够的应变能力。而要提高其应变能力，就必须加大有关客观世界的信息的输入量。知道的东西多了，克隆人的思想也会复杂起来，为了不使他们对自己的身份发生怀疑，有必要输入许多关于生活细节的记忆。

倪慧是个刚踏出大学校门的小姑娘，思想单纯而富于幻想，对工作充满了热情。她无法理解为什么整个时空管理局笼罩在一片死气沉沉之中，无法理解为什么心理训导处的同事们培训出的克隆人都是一个模子里刻出来的。倪慧看过他们编制的程序，那里尽是些令人感到非常不愉快的事，甚至令人感到毛骨悚然。在他们影响之下成长起来的人，肯定是心狠手辣、杀性极重的人。倪慧想不通他们为什么要这样塑造克隆人的性格，她觉得他们很没意思，她不想和他们一样，她要自行其是。

贺小舟是倪慧的第一件正式“工作成果”。在接受任务时，倪慧并没有太多的想法，只是觉得这是个玩一次“爱情游戏”的好机会。倪慧从小到大一直迷恋各色各样的爱情小说，早盼望着能浪漫那么一回了。她兴趣盎然地精心塑造着她名下的那个克隆人的性格，就像在玩一个“养成型”电脑游戏一样。“贺小舟”是一本她十分欣赏的爱情小说的男主角的名字，她移植给了那个克隆人。她还以自己的形象为蓝本，为他设计了几近完美的女友形象，将她取名为“慧慧”。她给贺小舟输入了一项又一项的指令，将他塑造成了痴情、害羞、单纯、执着、善良、正直的完美的纯情男孩……倪慧对这游戏乐此不疲，这样的男孩就是她心中理想的王子。她与他在电脑中度过了羞羞涩涩、暗中相互倾慕的学生时代。

正式进入恋爱阶段后，她放开了手脚。她和他在碧蓝的大海中畅游，在花丛中追逐嬉戏，在银装素裹的花园中打雪仗，在摩天大楼的天台上观赏美丽的街景，在晚风中相互倾诉衷肠，赠送铂花……她玩得兴致勃勃。完工期限到了之后，她也尽兴了，于是不再去想他。

然而今天，当她看着贺小舟站在时空输送室里时，她感受到了发自灵魂的震颤。她永远也忘不了他那充满留恋与柔情的忧伤眼神，她的心灵受到了剧烈的震动。当自动门关严之后，她意识到，这个人再也不会与自己相见了，他永远地走出了自己的生活，不会再回转了。这一刻她的心跳几乎令她喘不过气来。她这才明白，这个人在自己的生活中占有很大的分量。当她通过时空检测仪看到他在荒山上绝望地奔跑，向天空大声发出愤怒的喝问时，她心如刀绞，尤其是最后那一声“慧慧”，使她几乎昏倒了。

“慧慧！”这喊声似乎还在她的耳边回响。倪慧用双手捂住耳朵，使劲摇着头。同事们是对的，他们之所以要把克隆人塑造成那种好杀成性的性格，是因为那样的生物不懂得爱，没有人性，专以杀人为乐，与禽兽无异，死不足惜。而她却忽视了这个使自己心灵保持平衡的诀窍。她现在很痛苦，很悲伤。

“我为什么要在乎他？为什么要悲伤？”倪慧大声对自己喊，“他不是人！他只是用克隆技术培育出来的‘人形生物’！只是维护历史正常秩序的工具！”然而她无法使自己相信这一点。贺小舟在与她共处的时候以及在执行任务中所体现出来的人性在向她表明，他是人，而且还是一个善良的好人。如果没有深植于潜意识中的使命感，他是不会杀那个偷渡客的。倪慧深信这一点，因为她对贺小舟的性格了如指掌。贺小舟还是一个痴情的人，对她的爱忠贞不贰。他这样的人不是为死亡而存在的。

可是他死了，带着他的爱和那颗因无可奈何而感到悲伤的心，死了。因为，时代也需要他作出这样的牺牲。这是这个时代的悲剧，不是哪一个人的过错。时空管理局没有错，国家乃至整个世界都没有错，他们别无选择，只能那么做，没有人可以超越时代。

“你不能在乎他，你有你自己的生活。忘了他吧！”倪慧在心里大喊着，“他不存在，他只是一个幻影！他的爱也只是虚幻的游戏的产物！”她倚靠在一棵树的树干上，紧抿着嘴唇，克制住不哭泣，然而眼泪却无声地从眼眶中涌出来，顺着脸颊往下淌。

倪慧从衣袋里掏出那朵铂花，放到眼前仔细看着，小花发出很明亮的光芒。这朵铂花当时她并没有在意，只想让自己的爱情游戏多一件道具而已。但现在，这朵铂花已变得重若千钧。

倪慧明白了，她之所以感到悲伤、感到痛苦，她的心中之所以有灼烧般的难受感觉，就是因为有爱与人性的存在。以前她目送过许多时空捕手前往往昔世界，亲眼看着他们一个个被时代漩涡吞没掉，从未有什么感觉。但贺小舟明显与他们不同，他身上凝结的爱与人性使她无法忘却他。贺小舟不是蜉蝣，不是！他是代表这个健全的世界前往那些落魄者的冒险乐园！必须有人阻止他们的疯狂行为！贺小舟，这次牺牲使他的生命力在经历2600多年的岁月之后还在一个人的心中激荡。

倪慧双膝着地跪了下来，双手合十将铂花合在掌中。虽然她不信佛教，不会诵经，但她能为贺小舟的灵魂祈祷。是的，他有灵魂。倪慧现在发誓要永远牢记贺小舟这个人，牢记他的灵魂，他的爱，他的吻，他的一言一行、一颦一笑，还有他喜爱的诗句……

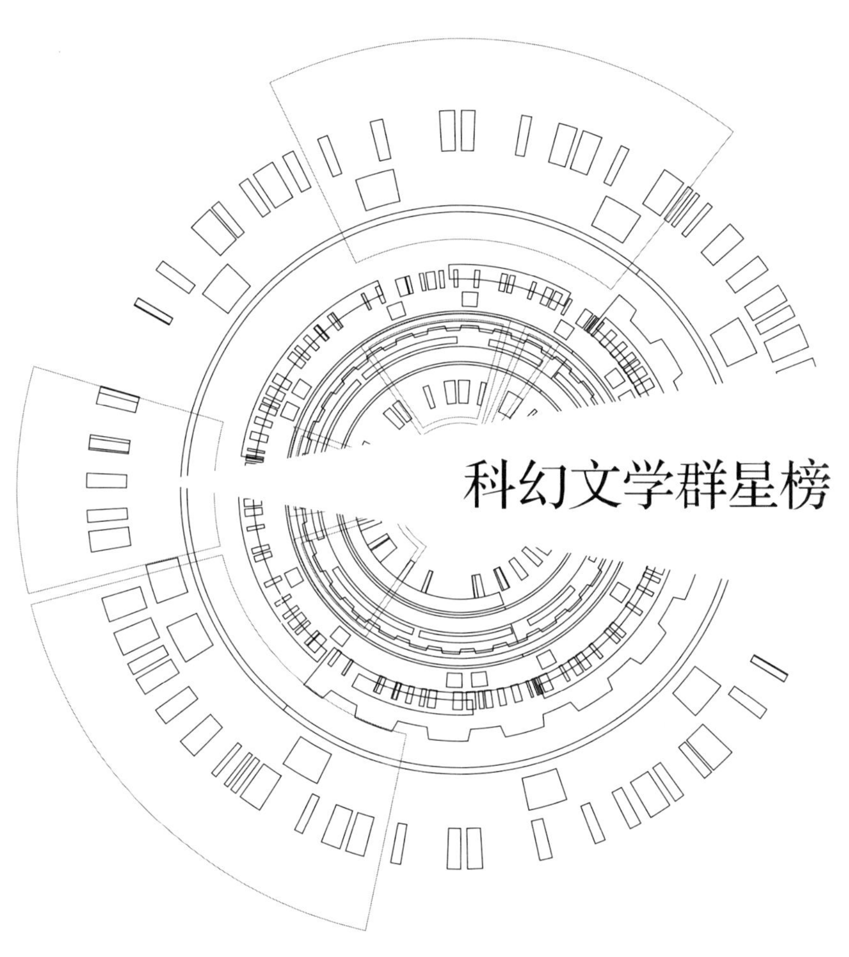

# 科幻文学群星榜

出版书目

| 序号 | 作者 | 书名 |
|---|---|---|
| 1 | 郑文光 | 侏罗纪 |
| 2 | 萧建亨 | 梦 |
| 3 | 刘兴诗 | 美洲来的哥伦布 |
| 4 | 童恩正 | 在时间的铅幕后面 |
| 5 | 张静 | K 星寻父探险记 |
| 6 | 程嘉梓 | 古星图之谜 |
| 7 | 金涛 | 月光岛 |
| 8 | 王晋康 | 生死平衡 |
| 9 | 刘慈欣 | 纤维 |
| 10 | 潘家铮 | 子虚峡大坝兴亡记 |
| 11 | 韩松 | 青春的跌宕 |
| 12 | 星河 | 白令桥横 |
| 13 | 凌晨 | 猫 |
| 14 | 何夕 | 异域 |
| 15 | 杨鹏 | 校园三剑客 |
| 16 | 杨平 | 神经冒险 |
| 17 | 刘维佳 | 使命：拯救人类 |
| 18 | 潘海天 | 饿塔 |
| 19 | 拉拉 | 永不消逝的电波 |
| 20 | 赵海虹 | 月涌大江流 |
| 21 | 江波 | 自由战士 |
| 22 | 宝树 | 人人都爱查尔斯 |
| 23 | 罗隆翔 | 朕是猫 |
| 24 | 陈楸帆 | 动物观察者 |
| 25 | 张冉 | 灰城 |
| 26 | 梁清散 | 欢迎光临烤肉星 |
| 27 | 七月 | 撬动世界的人于此长眠 |
| 28 | 杨晚晴 | 天上的风 |
| 29 | 飞氘 | 讲故事的机器人 |
| 30 | 程婧波 | 第七种可能 |
| 31 | 万象峰年 | 点亮时间的人 |
| 32 | 长铗 | 674 号公路 |
| 33 | 迟卉 | 蛹唱 |
| 34 | 顾适 | 为了生命的诗与远方 |
| 35 | 陈茜 | 量产超人 |
| 36 | 刘洋 | 单孔衍射 |
| 37 | 双翅目 | 智能的面具 |
| 38 | 石黑曜 | 仿生屋 |
| 39 | 阿缺 | 收割童年 |
| 40 | 王诺诺 | 故乡明 |
| 41 | 孙望路 | 重燃 |
| 42 | 滕野 | 回归原点 |